立人天地

先祖的生活

文学是怎么来的

李海霞 · 著

黑龙江教育出版社

序 言 | PREFACE

文学，是历史吐出的丝，是文明榨出的浆，是现实渗出的水。在它的血脉中，有政治的潜流，有经济的潮汐，有军事的悸动。

它，既是宗教的俯视，也是道德的仰望；既是哲学的回眸，也是艺术的定睛。它，是时代的百科全书。

它是那样的细腻微妙，感悟着生活的每一个角落，有如蜗牛之触角；它又是那样的恢宏、壮美，记录着几千年的沧桑巨变，有如天地之倒影。

每一种传承与嬗变，它都会有记录；每一种发展与交流，它都不会旁观；每一种喜怒与哀乐，它都不肯错过。

它是人类的参与者，是生命的伴行者，是人性的关照者。

透过它的光影，可见世间百态，可见人情种种，可见浮夸与深邃，可见辉煌与静寂，可见大美与大陋。

历史，不光是英雄豪杰的历史，也是凡夫俗子的历史；文学，不仅是巨匠大师的心血凝结，也有普通民众的贡献。

每个人，都是社会性动物。任何一个人，都不可能完全遗世而独立。哪怕是隐逸的作家，也离不开社会，离不开地球，也还要在人世间行走，终究也要受到时代的影响。人的情感之丰富，感受之敏锐，远远超过自己的想象。因此，人受到的每一种影响，都会或多或少渗入作品中。

最神奇的是，世界上，人种虽然不同，但同为人类，人的情思却相同！不论哪一个年代的人，不论哪一个民族的人，彼此的情思，都能理解，都能明白。

这种情思，超越人种，超越时代，使古人与今人之间，使外国人与本国人之间，都无隔膜，都能读懂彼此的作品。

尽管古希腊人离我们很远，尽管古埃及人与我们阻隔千万年，但读了他们的文学作品，我们就会"看到"他们，"看到"他们的时代。

一部文学史，就是一个国家的精神成就。阅读这个国家的文学史，比阅读历史书更能明了他们，更能明了往昔，明了今日。

同样，文学也把我们带给了世界，带给了我们永远也不可能认识的人。

有了文学，人的内在精神得到了不朽，人的存在得到了关注。

要想了解一个国家、一个民族、一个时代，可先了解文学。

现在，翻开本书，从先秦时期开始，我们将了解，文学是怎么一步步演变而来的！

目 录|CONTENTS

第四章——隋唐壮美，五代艳情

第一章
先秦的远声

中国文学史辽远绵长，它的活水源头，就是先秦文学。早在文字问世之前，第一种文学样式便出现了，它便是歌谣、神话。歌谣是诗、歌、舞的结合，神话是浪漫主义文学的前身。这些口头文学，口耳相传，代代融汇。到春秋战国时，尤为繁盛，百家争鸣，书气烹云。

◎ 第一首诗，仅四个字

深夜，一个叫修己的女子，卧在草屋内，望了望苍穹，蒙眬睡去。

她已有身孕，正待分娩。面对新生命的到来，她心中喜悦，睡得不踏实。有那么一瞬，她略略睁眼，忽见流星坠落，华光四射。

刹那间，她似有一种异样的感觉，接着，便生下一个男婴。

这便是禹。

▼《禹王像》中，禹的神态庄严宁静

禹的先祖是黄帝，身世显赫。禹的父亲名鲧，也不简单，是一位能臣。禹的降生，让父亲格外高兴，百般宠爱。

还在幼年时，父亲就带着禹四处行走，并来到中原。

中原土肥草美，但洪水也大。禹父受命治水，总未能见效。

九年光阴倏忽而过，禹长大时，洪水仍旧泛滥。部落成员陷在烂泥里，愁苦不堪。

由于禹想法多，且成日在浊水中摸爬滚打，因而，他被推举出来，替父治水。

禹又悲又喜。悲的是，父亲治水无功，受到严惩而死；喜的是，自己有机会得以造福百姓。

禹忍住丧父的伤痛，全身心投入治水。

他亲自视察每一条河道，反省父亲失败的原因，总结地势的特点，然后把堵塞法改为疏导法，使洪水因势而流，汇到大海里。

为了规划水道，禹拿着测量仪器，整日

奔波，翻山越岭，趟河涉水。

他费尽心血，也耗尽体力，手脚肿胀变形，腿上的毛也都被磨光，但他仍旧苦苦坚持，未有一丝懈怠。

风餐露宿，披星戴月，禹从不叫苦，从不叫累。有三次，他经过家门，都无暇进屋，匆匆而过。

此时的禹，刚刚成婚不久，妻子女娇是他在安徽开辟河道时遇到的。当时，他们各自走在桑林中，抬头的刹那，惊见彼此，顿时一见钟情。

当然，禹娶女娇，还有另一个隐秘的原因。

女娇来自涂山部落，而涂山氏很强盛，若能联姻涂山氏，禹就会扩充地盘，得到更大的拥护，治水也会更顺利。

在这种情况下，禹便和女娇结合了。

因涂山氏尚处于母系氏族后期，禹只能入赘，住到女娇家中。不过，婚后数日，他便离开家，继续治水。

有一天，当禹偶然路过家门时，得知儿子竟已降生，他这才发觉时光如梭，稍纵即逝。

后来，他又一次经过涂山部落，远远眺望，见女娇怀抱一婴，向他拼命招手。他未免想念、愧疚，但开山导流刻不容缓，他顾不上妻与子，扭过头去，风尘仆仆地继续前行。

对于禹来说，治水事业更重要；可对于女娇来说，爱情却是唯一的。

女娇日夜等候，孤独至极。想到数年才偶见一面，她深深地陷入悲伤中。

一日，她来至山顶，翘首而望，满怀期待，梦想着能看到禹的身影。然而，山风飒飒，虫鸣啾啾，她伫望很久，也不见禹的身影。

她心中彷徨，脚下徘徊。焦虑和思念让她忍不住流下泪水。

在唉叹中，她不自觉地吟唱出一句——"候人兮猗！"

"候人"，意思是等候；"兮"，意思是"啊"；"猗"，意思也类似于"啊"。整句歌词，有实际意义的只有前面两个字，短得不能再短。

女娇生活的时代，世界正是一片蛮荒，文学的土壤还很荒瘠，刚刚冒出几根寂寞的小芽——歌谣。歌谣与原始舞蹈伴生，诗又与歌互相渗透，诗、歌不分。诗（或歌），成为第一种文学样式。女娇所唱的"候人兮猗"虽然一共只有四个字，但却是远古口头文学中的第一首诗，可谓无尽辉煌。

也正是因为这四个字，女娇成为历史上第一位女诗人。

女娇思夫情切，但在吟唱时，并未直言道出心曲，而是委婉地表达情思。这样一来，诗歌就更加感人。而"诗贵含蓄"的传统，也从这四个字开始拉开了帷幕。

禹用13年的时间，终于治水成功，得以归家，女娇的

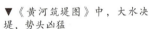

▼《黄河筑堤图》中，大水决堤，势头凶猛

思念总算有了着落。

　　之后，禹至涂山，召开部落首领大会，确立了自己的领袖地位。禹死后，其子即位，开辟了中国第一个奴隶制朝代——夏朝，女娇成为历史上第一位"国母"。

　　她无意中所作的《候人歌》，一代代口口相传，流传至今。

　　《候人歌》与其他原始诗歌一样，因蕴含着远古初民的思想、感情、意志、愿望，具有重要价值。

扩展阅读

　　尧的时代，有一首诗歌："土，反其宅！水，归其壑！昆虫，毋作！草木，归其泽！"像是在命令大自然，让土、水、草各归其所，让昆虫不要为害，颇有节奏感。

◎ 淹死之后

炎帝有个女儿，名叫女娃。女娃年幼，耽于玩耍。一日，她跑到东海边，又蹦又跳，玩得忘乎所以。

忽然，一阵狂风袭来，巨浪狰狞，女娃瞬间被掀到海里。

沧海茫茫，女娃来不及挣扎，顷刻就被淹死了。

女娃的身体沉落到海底，但精魂未死，化为一只小鸟。

鸟的外形，犹如乌鸦，只不过，长着花脑袋、白嘴巴、红爪子，很俏美。由于它发出的叫声，类似"精卫"，世人便称之为"精卫鸟"。

精卫鸟从海上起飞后，一直向北，飞了200多里地，来到发鸠山。山上，到处都是茂密的柘树。它寻了一棵，栖息在上面。

精卫鸟颇不平静，在枝上走来走去。它虽然已经化为鸟形，但毕竟是人所化，心魂仍是女娃的。它回想着这一瞬间发生的事情，悲愤不平，对东海充满恨意。

它想，万一其他人再到东海去玩，也被席卷而死，那

▼《山海经》中多怪异动物，此图中的鱼、狼等，也非常怪异，且表情生动

▼《列仙传》是历史上第一本叙述神仙故事的专著，图为传说人物琴高，正骑着鲤鱼而去

怎么办？

它默默发誓：要填平东海！

于是，精卫鸟每天都衔着小树枝、小石子，去填东海。

它是一只体型很小的鸟，而东海浩瀚无边，它的填海之举，受到嘲讽。但它毫不退缩。一日一日，一年一年，它往返在发鸠山与东海之间，无论风雨，无论霜雪，都无断绝……

当然，精卫填海的故事，只是一个神话，是古人虚构出来的。但精卫的不屈精神，却感天动地，表现出生命受到侵犯后的顽强抗争。

神话传说，是古人不自觉发明的。在人类的童年期，古人没有文字，想象和幻想便成了展现心灵的方式。

神话，看似奇特怪异，高深莫测，其根源却来自古人的精神深处，是揭秘远古社会生活的一个符号。

每一种神话，都壮丽奇伟，充满神秘。因此，神话一出现，便打开了浪漫主义文学的大门。

作为一种高不可及的原生态范本，神话的认知价值是不朽的，审美价值是难以衡量的。

探索历史，离不开神话。探索人类文明，也离不开神话。

扩展阅读

《山海经》非一人一时之作，里面记载了大量山川地理信息，这在文化尚未兴起、科技极端落后、交通极为闭塞的蛮荒时代，实为奇迹。里面还记载了许多神话传说，因此也具有一定的文学价值。

◎ 流浪的国家

盘庚刚刚即位，心里并不十分激动。他踱步在廊殿中，长吁短叹，沉思不语。

眼下，暴雨成灾，黄河下游泛滥，洪水淹没了耕地、房屋，每天都有很多人被冲走，再也回不来。他想了种种办法，试了种种举措，都无济于事。

现在，盘庚只剩下最后一个办法：迁都。

商朝的都城，位于黄河以北的奄（今山东曲阜）。盘庚打算渡过黄河，向南迁移，回到商族的故地殷（今河南安阳）。

他派人调查过，殷一带土肥水美，适合耕作；山中有虎熊，水中有鱼虾，适合猎取。

岂料，盘庚刚把迁都的想法对外公布，便激起了一片反对声。

王室贵族都不同意，情绪激烈地跑来反对。他们的理由是，从奄到殷，是长途迁徙，并不容

▲黄河自古备受重视，因为它时常泛滥，给人带来灾难，此为《黄河图》

易。再者，此前商朝在300年中已经迁徙过5次，一个国家哪能居无定所，没完没了地搬家，没完没了地流浪！

盘庚没有正面回答，他知道贵族们之所以不愿搬迁，是因为贪图安逸，并非为国家着想。因此，他还是很坚定。

贵族们散去后，仍不甘心，开始暗中煽动平民，吓唬平民，制造出汹涌的反对浪潮。平民受到鼓动，闹得很厉害，到处都是埋怨声、咒骂声、嘶喊声。

局势混乱，群情激奋，眼见着乱象丛生，盘庚的压力

陡然增加。

为了平息动荡，盘庚当机立断，面对民众发表了重要演讲，极力打消民众的疑虑，动员民众支持迁都。

这次危机中的讲演，激情昂扬，感人肺腑。民众被深深打动，最终平静下来，不再闹事。

盘庚又召来贵族，耐心地劝说，让他们以祖先为榜样，尊王守德。然而，贵族们已在此地建成庞大的利益网，舍不得丢弃，还是声嘶力竭地反对。

盘庚有些心寒，脸色严肃起来。他下了一道命令：克日迁都，若不服从，严惩不贷。贵族们目瞪口呆，顿时蔫了。

就这样，盘庚率众渡过黄河，跋涉到殷，史称"盘庚迁殷"。

到了殷，贵族们还不死心，又闹腾起来，吵着要搬回旧都。盘庚不再心软，实施强硬手段，阻止了贵族们的

◀虎是古人食物之一，此《搜山图》中，猛虎正被擒制

图谋。

之后，他推行仁政，带头节俭，减轻赋税，使风气变得淳朴，经济变得富足。本已颓败的商朝，再度振兴。

盘庚一心为国，鞠躬尽瘁，最后操劳而死。

盘庚死后，其弟即位，王朝又走向衰败。百姓非常思念盘庚，便作了三篇纪念盘庚的文章，被收入《尚书》中。

中国素来重史，在商朝时，已有司史的官职——左史、右史。左史记言，右史记事，《尚书》就是一部记言的史书。

虽为记言，但并不单调，书中有记叙，有描写，有议论，有抒情。这些表达方式，预示着文学正大踏步迈进。

此外，书中还惊现一些不凡的修辞手段。

比如，在追忆盘庚生平时，有这样一句——"若火之燎于原，不可向迩，其犹可扑灭！"意思是，贵族煽动平民闹事，就像大火焚烧草原一样，不可靠近，好在还能扑灭。这句话，后来被凝练成一个千古之词——"星火燎原"。

《尚书》诞生时，文字初形成，还很艰涩、拗口，但它作为历史上第一部散文集，对后世文学有着极大的启发。

> **扩展阅读**
>
> 　　《逸周书》也是记言性史书，记叙生动，绘声绘色，说一个人"若猕猴立行，声似小儿"。它将史实、传说杂糅在一起，已经很像小说了，但在当时却被斥为"怪诞不雅"。

◎《诗经》里的癞蛤蟆

卫宣公很淫荡，太子却很持重守正，操守清高，这位太子名叫——伋。

伋16岁时，卫宣公为他娶亲，新妇为齐国国君之女，名宣姜。此前，卫宣公没听说过宣姜，但在聘娶时，他偶然得知，宣姜有绝世之美，顿时起了邪念。他开始琢磨，怎么能把儿媳妇变成自己的媳妇。

他很快有了主意，让人在黄河边筑了个新台，然后把伋派到宋国去。就在儿子前往宋国时，卫宣公自己跑去新台，充当新郎。宣姜不知怎么回事儿，大吃一惊。她原以为自己是要嫁给一个白净公子，不料，却来了一个皱巴老头。

《诗经·邶风·新台》写道："鱼网之设，鸿则离之；燕婉之求，得此戚施。"

意思是，别人捕鱼，能得个鸿雁；自己找夫君，却得了个蛤蟆！

《诗经》，是中国第一部诗歌总集，收录300多首诗，为古人集体创作。它的第一首诗，与最后一首诗，中间跨度为500年。

《诗经》的体裁，分三部分：风、雅、颂。

风，为民歌；雅，为朝廷正乐；颂，为宗庙之歌。

诗歌的句式，多为四言。四言诗唱起来，调子平稳，但很平淡，汉朝以后，走向没落。

《诗经》是中国诗歌的正式起点。它以伟大的文学成就，彪炳史册，也以真切的描述，反映历史面貌。

▲为唱诗伴奏的华美大鼓

▲唱诗需要音乐伴奏，图为神秘诡异的鼓座

《诗经》大胆地把卫宣公比成了癞蛤蟆，反映了时人对宣姜的惋惜。但是，宣姜独在异国，不敢违拗，只得顺从。

消息传回齐国，国君震怒，想要出兵教训卫宣公。但转念一想，女儿一夜间成了王后，地位上升，更有利于齐国。于是，便又释然，不再理会这件事。

至于伋，他从宋国回来后，眼见生米煮成了熟饭，只好放弃。

三年后，宣姜先后生下二子，一个叫寿，一个叫朔。

当大儿子15岁时，宣姜依旧受宠不衰。不过，宣姜并不快乐。她想，卫宣公实在太老，伋身为太子，势力很大，一旦即位，怎会忘却当年之事！到那时，自己和儿子命运堪忧。

宣姜很不安，决意拉拢伋。她开始挑逗伋。但伋不接受，远远避开。

她心急如焚，便时常进馋，想让卫宣公废掉伋的太子之位。卫宣公不置可否。

一天，伋过生日，摆酒设宴。席间，伋和寿说笑，朔没插上嘴，自觉冷落，生了恨意，托病告辞。朔找到母亲宣姜，委屈落泪，谎称伋叫他"儿子"！

▼唱诗是古人表达情思的一种方式，此为《击磬图》

宣姜一听，脸色大变，暗想，这一定是伋仍未释怀，借酒撒气！

宣姜急忙去见卫宣公，哭哭啼啼地说："太子想玷污我，还说，我本是他妻，国君只是借用，将来，会连江山一同还他！"

卫宣公气得呼呼直喘粗气，马上让人去找寿。寿一进来，卫宣公就问他是否有此话。寿虽为宣姜所生，但心地淳厚，立刻回答，并无此话。

卫宣公半信半疑，不知如何是好，便去责备伋的生母，说她没教好孩子。伋的生母，满腔悲愤，实在气不过，愤然自尽了。伋悲痛万分，却不敢说什么，只能偷偷地落泪。

宣姜仍未罢休，还在搬弄是非，怂恿卫宣公策划了一起暗杀：派伋出使齐国，途中进行刺杀。

就在他们策划时，恰好被寿听到。寿大吃一惊，连忙去找伋，让伋逃走。伋婉拒了，叹道："这是命运的安排！"

伋收拾行装，前往齐国。寿不忍心，到船上去送别。二人都很伤感，一边饮酒，一边落泪。伋内心含悲，很快醉倒，迷糊地睡去。

寿决心代替伋，前往齐国。他偷偷地拿走伋的白旄，快速启程。

刺客埋伏在半路，见路上有人来，举着白旄，便不管三七二十一，当即冲杀过来，砍倒了寿。

伋酒醒后不见寿，分外着急，急忙追赶。但为时已晚，赶到时寿已没了气息。伋痛苦万分，质问苍天："该死的是我，寿有什么罪！"

他慨然告诉刺客，自己才是伋。刺客一听，毫不犹豫，立刻把他也杀了。

▲卜辞是最早的散文，这片甲骨上刻着关于下雨的卜辞

噩耗传到宣姜的耳中，如霹雳一般，她当即昏死过去。她非常悔恨，此后，常思念两个死者。《诗经》中有一首"二子乘舟"，便描述了宣姜对他们的想念。

此诗的大意是，一想起他们乘船的情景，她就忍不住悲愁，忍不住幻想——若没发生祸殃多好。

卫宣公也受了刺激，不久，一命呜呼。朔得偿所愿，当了国君，颇为得意。

宣姜也安顿下来。只是，她并不安分，又与顽私通，生下五个孩子。

顽是伋的弟弟，也是卫宣公的儿子。宣姜与他私通，是一种乱伦行为。

丑闻虽然发生在宫闱深处，但难以秘而不泄。时人想

到统治者竟如此无耻、无仪、无礼，议论纷纷，嘲笑不止。

朔很尴尬，下令不准多嘴。

但时人充满鄙视，还是不遗余力地抨击。《诗经·鄘风·相鼠》中写道："相鼠有皮，人而无仪；人而无仪，不死何为！"

意思是，老鼠都有张皮，人却没脸；脸皮都不要了，还活着干什么！

不过，宣姜似乎不太在乎，仍然吃得好，穿得好，过得好。对此，《诗经》又有描述，说她"鬒发如云"，生活不赖。

对宣姜这段历史，《诗经》的记述，可谓细致入微。可见，《诗经》的记史功能，是极强的。

> ### 扩展阅读
>
> 殷商时，甲骨文问世，卜辞成为最早的散文。如在占卜降雨时，古人锲刻的卜辞是："今日雨。其自西来雨？其自东来雨？其自北来雨？其自南来雨？"语句重复，意趣顿生。

◎一个字，一粒种子

郑庄公13岁时，继承了王位，此后便惊险不断。

制造惊险的人，是他的母亲、弟弟。他母亲不喜欢他，因为他出生时，母亲难产，差点儿死去。因此，母亲宠爱弟弟，一度要改立弟弟为太子，但父亲不许。

郑庄公继位后，忐忑不安，每日都要严查，否则不敢睡觉。

郑庄公14岁时，一天，母亲来见，说想要一块地，封给他弟弟。

郑庄公问："要哪块地？"

他母亲答："制"。

制，位于郑州荥阳一带，地势险要，为军事要地，不可作为私人封地。

◀图中文士抱膝而坐，陷入沉思，仿佛天地皆纳胸中。

郑庄公便回答："不妥。"

他母亲不快，说："那就京。"

京，也位于郑州荥阳，是个大邑，城垣高，人口多，物产丰，按例，不应封给无功之人。

郑庄公有些不情愿，迟迟不答应。他母亲生了气，一再要求，继而威逼。他扛不过，只好同意。

大夫们闻之，非常不满，对郑庄公说，京不是普通封地，不能随便封人。

郑庄公无奈，叹道："母亲有此要求，岂能不听？"

郑庄公的弟弟——共叔段，非常兴奋，很快就跑到了京。他仗着母亲撑腰，既不尊君，也不爱民，一心算计着如何夺过王位。

郑庄公对此是心知肚明的，但他不动声色，佯作不知。

共叔段在京大囤粮草，大肆练兵，大修城池。消息传到朝廷，大夫们忧心忡忡。

一位大夫对郑庄公说："根据祖制，封邑的城垣，不能超过100雉（长三丈、高一丈为一雉），封邑的大小，不能超过国都的1/3，而京却违背祖制，不合法度，这怎么能容忍！"

郑庄公又叹气，说："母亲要这样啊。"

大夫建议，重新给共叔段一块封地，让他离开京，遏制他的发展。否则，他的势力一旦蔓延，就不可收拾了，因为野草蔓延后尚难清除，何况是兄弟！

郑庄公沉默半天，慢吞吞地说："再看看吧。"

郑庄公一次次退让，让共叔段得意忘形。他更加急迫，竟然下令，让西部边境、北部边境都听自己指挥。

接着，他又瞄上了京附近的两座小城，一一强行收过来，听命于他。

一时之间，郑国仿佛有两个国君！

大夫们忍无可忍，群情激奋，对郑庄公说，一个国家怎能有两个国君，边境将士到底听谁的！百姓到底听谁的！如果共叔段是国君，那大家都去侍奉他；如果他不是，那就诛杀他，不要让百姓两头瞎转！

郑庄公不急不怒，温和地抚慰群臣，说用不着诛杀他，他没有正义，得不到民心，会自食其果。

共叔段还在加紧备战，并暗中与母亲商定，要里应外合，双面夹击，攻袭郑庄公。

郑庄公表面平静，实际上，却一直在监视他们。当得知阴谋后，他不慌不忙，派出200辆战车，浩浩荡荡地向京杀去。

▲春秋战国时，马拉车是稀少的交通工具，战车更为昂贵

京的百姓，都反感共叔段，谁也不帮他作战。他甚至还没来得及布阵就已经一败涂地了。

共叔段逃窜出城，躲到了鄢。鄢位于今河南焉陵。郑庄公的战车穷追不舍，也冲到鄢，继续猛打。

共叔段灰头土脸，狼狈不堪，拼命奔逃。公元前722年5月23日，他总算逃到了共国。共国位于今甘肃泾川县，距离郑国较远。郑庄公不再追赶。

▲在古代，多数文人都借酒抒写
胸怀，此为《扶醉图》

这场叛乱声势浩大，波及很广，对郑国造成了极大的震动，而《春秋》对此也作了记录。

不过，这记录只有短短六个字——"郑伯克段于鄢。"

"郑伯"是指：郑庄公明知弟弟诡诈不端，却不劝阻，不教诲，放纵弟弟变得更坏，不配为"公"，称"伯"就差不多了。

"克"是指：郑庄公与共叔段，俨然两个国君，所以，郑庄公攻打共叔段，是两个国君作战，要用"克"字。

"段"是指：共叔段没有做弟弟的品德，不配用"弟"字，因而，直接用他的名——段。

这便是著名的"春秋笔法"：一个字中，暗含的意思甚多，每一句话都值得人们细细琢磨，方能体会到其中深意。

整本《春秋》，用的都是这种笔法。书中记载了泱泱242年的史实，但一共只用了18 000多字。语言极度凝练，极度含蓄。每一个字，都宛如一粒种子，都能生长出一棵参天大树来。

一字见义，一字褒贬，"春秋笔法"影响深远。

此外，《春秋》还有一个巨大的光环：它开创了编年的体制，是第一部编年体断代简史，为编年体史书的鼻祖。

它以记事为主，在散文史上，地位卓著。

扩展阅读

古文中，《尚书》多训诫，《春秋》多褒贬，《国语》多教诲。《国语》是最早的国别史，记载了八个诸侯国的史实。书中，出现了虚构、想象，闪耀着奇美的文学光彩。

◎ 无名氏的贡献

秦穆公眼馋郑国的土地，想吞并它后扩张自己的领土。但他又有些犹豫，感觉单凭秦国力量还不足。他想来想去，决定联合晋国。

秦穆公派出使者，前往晋国，劝说晋国参战。晋国几乎没犹豫，立即答应。

晋国之所以如此痛快，原因是：晋国国君以前逃难时，路过郑国，郑国不但不保护，不帮助，还排挤他。晋国打仗时，郑国还帮助敌国。晋国强大后，郑国马上变脸，又是献媚，又是讨好，但晋国一点也不感动，还在记恨。

现在，晋国与秦国交好，结成姻亲，"秦晋之好"不绝。晋国自然要答应秦国，更何况，晋国也想趁机扩张。

就这样，秦国、晋国组成联军，尘土飞扬地向郑国杀去。

临近郑国边境时，天黑下来，秦军驻扎在氾南，晋军驻扎在函陵，待来日出战。

郑国发现联军入侵后，慌作一团，赶紧关闭城门。

郑文公愁眉苦脸，心急如焚，让大夫们快想办法。

一人提议，郑国危险，只有一人能救。

郑文公眼睛一亮，忙问是谁。

此人答："烛之武。"

烛之武，原为朝中大夫，胸怀韬略，智识深远，但不

▲先秦时，马因能作战、驮运、宰食，非常重要，此为喂马图

愿逢迎、反感阿谀，被郑文公撵到马圈里，负责喂马。

在这十万火急的时候，烛之武被人想起来，并被召进了宫室。

他浑身草屑、破衣烂衫，一声不吭地站在光影里。郑文公直接冲过去，告诉他即刻准备去见秦穆公，尽全力说服秦国撤军。

烛之武心里有气，说道："我年轻时，都不如别人，现在老了，更不行了。"

郑文公一听，赶紧道歉，说："以前是我的错，现在国家危急，还请你出力。若是郑国灭亡，你也痛苦啊。"

最后一句话戳到了烛之武心上，他低着头，默默应允了。

夜色浓重，烛之武坐进一个草筐里，由人牵着绳从城墙上放下去。

落地后，他借着树叶的遮掩，沿着河边向秦国军营走去。

▼图为古人在山野列阵作战场景

到了营地，烛之武告诉守兵，他要见秦穆公。

秦穆公得报，觉得奇怪，不知何人敢来游说，等到叫进来一看，原来是个瘦骨嶙峋的干巴老头。

军帐中，将领甚多，气氛森严，秦穆公也不发一声。

烛之武毫不在意，他从容自若，站定后，一字一句地开了腔。

他说："秦晋大兵压境，郑国即将灭亡，但灭亡后，该怎样呢？秦国离郑国远，难以管理，倒是晋国，离郑国近，随便就能插手。难道秦国牺牲将士生命，就是为了给晋国增加领土吗？而晋国国力一旦雄厚，秦国不就相对薄弱了？"

他又说："如果秦国撤军的话，郑国将心怀感恩，以后但凡有秦国人经过，郑国都会保护、供养。"

烛之武言语轻淡，仿佛拉家常，娓娓道来。末了，他又告诉秦穆公："好好掂量掂量吧。"

这轻飘飘的一句，落到秦穆公心坎上，却如一记炸雷，轰然作响。

秦穆公寻思半天，又和将领们交头接耳地商议。然后，他作出决定：与郑国签订友好盟约。

时至半夜，月黑风高，秦穆公也不告诉晋国一声，悄无声息地率军撤回。

第二天，晋军猛地发现，战场上静悄悄的，秦国大军消失得无影无踪。

晋军又气又恨，不得已，也随即撤兵。

这段故事，流传甚广，见于《左传》。

《左传》是中国第一部叙事完整详细的编年体史书，系统记载了春秋时的重要事件，反映了当时的社会面貌。

作者是谁，无人知道，只从内容来看，此人有很高的文学修养。有一种传说，《左传》是春秋末年鲁国的史官左丘明根据《春秋》编成的，但年长日久，证据不足，这一

说法至今未得到学术界一致确认。

《左传》的叙述，非常优美，微而显，婉而辩，精而腴，简而奥。

《左传》的记事，颇为圆融，言中有事，事中有言，言与事中，都有人物活动的影子。

《左传》的记人，前所未有，光是有名有姓者，就写了近3 000人，形形色色，有的人物还显示出了个性，这在当时是罕见的。

迄今，《左传》仍为散文典范。

扩展阅读

墨子是战国人，一生布衣，崇尚实干，注重科学，反对战争，爱好和平。他死后，他的言行、思想（包括几何学、光学、静力学等方面），被记载成书，名《墨子》。

◎ 复活的故人

公元前265年，秦国攻打赵国，几乎在一夜间就占领了三座城池。赵国一片慌乱，人人恐惧。

军情紧急，王宫内也骚动不安。

掌控实权的赵太后，分外焦急，派人向齐国求救。齐国倒是答应了，但是，有个条件：要长安君到齐国来，作为人质。长安君是赵太后宠爱的儿子，赵太后舍不得，没有答应。

大夫们心急如焚，赶紧劝谏，让赵太后以国事为重。赵太后不听，气得要命，告诉众人，谁再敢提人质一事，她就朝谁脸上吐唾沫！

触龙时任左师，也就是执政官。一日，他入宫求见赵太后。赵太后认为他是来进谏的，脸色僵冷，怒气横生。

触龙入内，行动缓慢。好一会儿后，他才凑到赵太后跟前，诚恳地说自己年迈又有脚病，不能快走，但惦记太后身体，所以还是勉力走来看望。赵太后说，自己也够呛，走路离不开车。

触龙问太后，每日饮食可有减少。赵太后说，不过是喝点儿粥。

触龙继续唠叨，说自己也没食欲，只好坚持运动，一日走三四里，勉强能多吃几口。

◀春秋战国诸子之书，内有《战国策》书影

在温和的絮语声中，赵太后逐渐放松，脸色和缓下来。

　　触龙又说，自己老了，说不定哪天就死去，家中还有一个幼子，想推荐入宫，托付给太后，在侍卫队里凑个数，希望太后允准。

　　赵太后当即同意，并反问："做父亲的也这样爱儿子吗？"

　　触龙答："比做母亲的更爱。"

　　赵太后笑起来。

　　她没想到，触龙爱孩子，竟然像她爱长安君一样。

　　不过，触龙却说，太后并不怎么爱长安君。

　　赵太后一听，大吃一惊，迷惑不解，忙问为什么。

　　触龙说，赵国初立时，国君的子孙都被封爵，但现在，这些子孙却一个都没了。原因是他们有地位厚禄却无任何功绩，所以引来祸事，自身不保。现在，太后对长安君就是如此，给他封地和珍宝，却不给他立功的机会。多年之后，太后仙逝，只剩下长安君一个，到那时，他已经无法安身立命了。所以，太后的爱并不深远，反倒显得目光短浅。

▶《战国策》中记录了"二桃杀三士"的故事，图为该故事石刻

赵太后闻言，深以为然，随即下令：备车100乘，载长安君前往齐国去做人质。

　　长安君刚一抵达，齐国就信守诺言，派出军队拦截秦军。秦军退却，赵国之困得解，民复安定。

　　在历史上，"触龙说赵太后"，是一个非常高明的案例。

　　触龙的策略，在现代心理学上，被称为"自己人效应"，即：先让对方觉得彼此是"同一伙"的，以此缩短心理距离，使对方容易接受意见。

　　《战国策》把触龙的这个策略记载了下来，而且描述真切，人物活灵活现，使那些古人，俨然都复活了一般。

　　《战国策》，既是战国杂史，也是作品汇编。它打破"编年"的藩篱，以人的活动为中心，串起一个个故事。它的语言精妙奇伟，张扬明畅，通俗生动，历代皆推崇。

　　这说明，史家之文已攀上另一座高峰。

扩展阅读

　　《晏子春秋》有如一本文学传记，多角度、多方位地描绘了齐国政治家晏婴的智慧形象。用长篇巨制，集中描写一个人，这在先秦还是唯一的，被称为"传记之祖"。

◎ 闲聊也醉人

鲁国有个年轻人，在一个风雨大作的深夜，孤灯一盏，寂寞独卧。

他的邻居是一位寡妇，寡妇冒雨跑来，声声唤他，说自家房屋毁坏，要到他家避雨。

年轻人死死顶住门，不让她进。

寡妇站在滂沱大雨中，说："你怎么不学学柳下惠，怀抱弱女，没人会视为淫乱。"

年轻人正言道："柳下惠可以，我不可以。我将以我的不可以，学柳下惠的可以。"

在这迷离的一夜过后，这位年轻人再出门时，已然是一位智者。"智"的封号，是孔子给出的。

在孔子看来，世上学柳下惠的人很多，学得像的人也很多，但学得最好的，却只有一个，那就是这个年轻人。

孔子赞他，期望做得好，又不沿袭别人，是真智者。

孔子是儒家学派的创始人。他不仅有一针见血的观点，还有渊博的学识。他一生的言行被弟子们辑录成册，世称《论语》，为这世界增添了一份宝贵的文化财富。

《论语》中，主要是对话，也就是说，它开创了"语录体"。

作为世界上第一本语录体散文集，《论语》的语言也很有特色。

它全用口语，既通俗，又浅显。但又不枯燥，颇含文采。

这是因为，孔子本身就重文采，即便是闲聊，也说得很醉人；孔子的弟子们也个个不凡，不仅出口成章，很多话

▼儒教因孔子而名世，《论道图》中的左边人物，即为儒家，与释家（中）、道家（右），在思想界各据一席之地

还都有出处。所以，哪怕是只言片语，也都不同寻常。

比如，书中有这样一段——"子曰：'由之瑟，奚为于丘之门？'门人不敬子路。子曰：'由也升堂矣，未入于室也。'"

翻译成白话，就是——孔子说："仲由（子路）弹瑟，怎么在我门前？"这是在批评仲由弹得不好。然而，当孔子发现，学生们因此不再尊敬子路后，马上又说："仲由已经升堂，只是还未入室！"意思是，已经弹得很有高度，只是还未功德圆满。

区区两句话，便活现了人物形象、性情，"登堂入室"的成语也由此而来。

《论语》中的话，自然、生动。汉语文章的典范性，部分便发源于此。

几乎每一代作家，在行文时都受《论语》之风的影响。但任何一个人，都未能成功模拟。直到今天，它仍然不可超越。

▲ "万世师表"孔子，对教育、政治、文学等影响极大

扩展阅读

《礼记》是典章制度之书，作者为子思（孔子嫡孙）。《中庸》原为其中一篇，是指为人为事要不偏不倚。子思有个学生，即孟子，作文也很好，不艰深生涩，其文亦为后世典范。

◎ 偏心蚂蚁

庄子是楚国人，祖先为贵族。后来，楚国内乱，祖先落难，家业随之风流云散。到了庄子时，家境已十分贫寒。

为了谋生，庄子在一个漆园里当小吏。他心性散淡高远，没多久便厌倦了，索性离开，靠编草鞋度日。虽然困窘，却落得自在。

庄子娶妻后，住在一个狭窄的破败小巷里。由于太穷，时常挨饿，不得不向邻人借米。

尽管如此，但庄子厌恶仕途，一心只扑在学问上。

有一天，庄子听说，有个叫惠子的人，学识不凡。于是，他打点行装，前去拜访。

惠子正在魏国，刚当上宰相。这一日，他忽然听说，庄子来魏国了，当即惊慌起来。他想，庄子比自己才高，庄子此来，必会取代自己当宰相。

他赶紧派人搜捕庄子。

一连搜了几天几夜，未见庄子人影。惠子疑惑起来。

这时，庄子却坦然而来。

▼《梦蝶图》，人物柳下小眠，梦见蝴蝶翩跹

▼《梦蝶图》，根据庄子散文所绘

庄子对惠子说："南方有一种鸟，叫鹓鶵。它从南海起飞，到北海去，一路上，不是梧桐树不栖，不是竹子不食，不是甘泉不饮。半路上，鹓鶵遇到一只鸱，鸱正抓着一只腐臭的老鼠要吃。鸱害怕被抢，发出声音去恐吓鹓鶵。现在，你是在吓唬我吗？"

庄子把自己形容成鹓鶵，把惠子形容成鸱，把宰相之位形容成腐臭老鼠。惠子听了，感慨于庄子的才思，忍不住开怀而笑。

二人遂倾心而谈，成一生挚友。

庄子回家后，依旧言行飘逸，不同凡俗。

由于他才学极高，楚王很向往，派几个使者去寻他，想让他入朝为相。

使者们带着厚礼，找到了庄子。庄子正在河边垂钓，身穿粗布的破衣，脚穿麻绳绑着的烂鞋。

使者们谦恭上前，说明了来意。

庄子慢吞吞地对使者说："有一只龟，寿命大概有3 000多年，楚国人把龟捉住杀死后放在盒中，供奉在庙堂上用以祭祀。那么，站在龟的角度想一想，龟是希望死后被供奉在庙堂之上呢，还是希望能够活着在水里游来游去呢？"

▲《聘贤图》，读书人在耕地间隙痴读，不远处的树下走来使者召请

使者说："自然是希望活着在水里游来游去。"

庄子点头，告诉使者，他就想做那只活着的龟。

使者哑然，默默辞归。

庄子一生绝世出尘，当他即将离世时，依旧思想高远，散发异彩。

当他发现弟子们在为他准备随葬品时，立刻制止，说道："以天地为棺椁，以日月为璧玉，以星辰为珠玑，万物就是陪葬，还准备什么？"

弟子们不忍，想要厚葬他，并将遗体深埋地下。

庄子不许，他留下遗言：死后，遗体随便扔在荒野里，不用埋。

弟子们不答应，担心乌鸦和老鹰会啄食遗体。

庄子说，弃尸荒野，会被乌鸦和老鹰吃掉；深埋地下，也会被蚂蚁吃掉；如果非要将自己深埋地下，那就是夺乌鸦老鹰之吃食，再交给蚂蚁，是偏心的！

庄子之心胸豁达，竟至于此。

庄子在世时，专心著述，写出了十余万言。在他死后，作品都被辑入《庄子》一书。

此书，是散文史上的辉煌成就，也是文学史上的罕见奇迹。

其创作，论述气势恢宏，说理大气磅礴，运用寓言讽喻得心应手，真正做到了前无古人、后无来者。在整个历史上，竟无一人能比。

▼《指蝶图》取意庄子散文

▼《听蝶图》中人物一动不动，静听蝴蝶振翅

在《触蛮之争》中，庄子在一对微小的蜗牛角上，幻化出一场宏阔悲壮、触目惊心的战争，以此影射各诸侯国争雄。

在《庄周梦蝶》中，庄子做梦化成蝴蝶，以为自己原本就是蝴蝶，醒来后才知自己是庄子，以此提出真实与虚幻的哲学观点。

在《齐物论》中，庄子描写树和风，说古树上的洞，或像鼻子，或像嘴巴，或像耳朵，或像栅栏，或像舂米臼，或像水池……风从树洞发出声音，或像湍流，或像疾箭，或像呵叱，或像呼吸，或像大喊，或像号啕，或像空谷回音，或像鸟儿叽喳……

这些描述，有静态的，有动态的，有听觉的，有视觉的，超越时间、空间，虚虚实实，绘声绘色，魅力无穷。如此挥洒自如，庄子堪称杰出的语言大师。

庄子的散文在先秦诸子中独具风格，大量采用并虚构寓言故事，想象奇特，形象生动。此外，还善于运用各种譬喻，活泼风趣，睿智深刻。文章随意流出，汪洋恣肆，奇趣横生。总体来说，庄子散文极具浪漫主义风格，在古代散文中罕有其比。在中国，一大半散文史，都在他的影响之下发展。

几千年来，他那出尘的构思，绝俗的想象，奇幻的意境，恣肆的文风，强力地促进着文学的飞跃。

▲《道德经》为老子所著，此为《老子授经图》

扩展阅读

《老子》一书，韵散结合，文体特殊，独树一帜。其句，大体整齐，有的甚至全篇用韵，押韵又很自由。老子最会打比喻，如把天地比成风箱，既神奇又颇含哲理。

◎ 发明"赋"的人

公元前286年，齐国来了一个"外国人"，才华横溢，语言多彩。

此人，就是荀子，来自赵国。

荀子是来游学的。但齐湣王刚刚灭掉宋国，骄傲自大，听不进去。

其他儒者看不惯齐湣王，都纷纷散去，离开齐国。荀子踌躇不定。他也想走，但又有些犹豫。

他已经50岁了，长途跋涉而来，若落空而去，未免太过失落。

他心想，既然齐湣王听不进去，那就去对宰相说，没准宰相能听进去呢。

于是，荀子找到宰相，向他分析了当下形势，说齐国其实很危险，前有楚国，后有燕国，右有魏国，一不小心，就会被三国夹击、吞灭。

可是，宰相听后，认为是胡言乱语，根本不理睬。

荀子无法，只得离开齐国，前往楚国。

三年后，荀子听说，齐湣王去世，齐襄王继位。他又振作起来，一路风尘回到了齐国。

齐襄王很尊重他，拜他为师，并因他德高望重，让他担任祭酒。

荀子虽然成了大夫，但还是未得重用，就像一个精致的摆设。他未免快快然，内心惆怅。

眼看时光飞逝，自己年岁愈高，荀子不敢再耽搁，再次离开了齐国。

这一次，他来到了秦国。

他见了秦国国君、宰相，也相谈许久，但依旧很受冷落。

原因是，秦国尚武，推崇法制，而荀子是儒者，推崇儒学，二者背道而驰，无法相容。

荀子无奈，无言返回齐国。

齐国照旧礼遇他，以他为祭酒。

荀子暗想，再也不折腾了，就在齐国安度余生吧。

然而，他想安定时，麻烦却来了。有人嫉妒他，向国君说他的坏话，让他陷入麻烦，日子很难过。

荀子极为失意，第三次离开了齐国。

他来到楚国，接受了楚王的任命，在兰陵当了一个小县令。他不再渴望什么，只求不再漂泊。

这期间，他多次讲学，招收弟子。弟子中，有韩非，有李斯，他们后来都成为著名人物。

可是，由于韩非、李斯等弟子都为法家，而非儒家，这让荀子饱受抨击。有人质疑他，说他不是真正的儒师，是冒牌货。还有人觉得，他招收杂七杂八的弟子，对楚国是一种潜在的威胁。

荀子难以解释，重压之下，心情抑郁。

最终，他又告别楚国，回到自己的祖国——赵国。

在故国，荀子被拜为上大夫。

这是一个很高的职位，但是，不知为什么，荀子干得好像并不开心。而且赵国依然有人在背后算计他，让他抑郁难消。当楚国再来请他时，他竟然没什么留恋，再赴楚国继续当县令。

公元前238年，荀子又被罢官。即便如此，他也不回赵国，仍留在兰陵，几年后，客死在异国他乡。

荀子学问渊博，著述颇丰，汇集成册后，被称为《荀子》。

▼荀子的《成相》，促进了说唱艺术的发展，此为《替人说书图》

▲《瞎子说书》中，人物敲着小
锣，边讲边唱

《荀子》中，有两个创举，一个是"成相"，一个是"赋"。

成相，是一种韵文，一种新的文学样式，类似后世的大鼓、弹词。荀子在学习民间艺术时，有所感悟，便发明了它。它的文学味儿，还不算浓，但荀子的开创之功，实不可没。

赋，是一种押韵的新体。它的出现，意义重大。在文学史上，它将自成一家。

荀子是第一个使用"赋"这个名称的人，他也是第一个用问答体写赋的人。

历史上，"赋"的始祖共有两人，一个是荀子，一个是屈原。

◎ 伟大到无法形容

公元前343年，在楚国丹阳，有一个贵族之家，姓屈。正月里，一个男婴呱呱降生。

他父亲很高兴，为他起名"平"，字"原"；由于实在高兴，又起名"正则"，字"灵均"。

后世则亲昵地称他为——屈原。

屈原懂事后，觉得自己的这些名字实在很好。因为"平"与"正则"结合，意为法天；"原"与"灵均"结合，意为法地；而他与它们结合，则意为天、地、人一统。

从中也可见，他父亲的学识非常之高。

在父亲的教导下，屈原学有所成，才思敏捷，为人正直诚恳。

作为贵族的一分子，屈原年纪很小时，便已参政。他

◀《列子》《吕氏春秋》中都记载了高山流水的故事，此为《高山流水图》

明于治乱，娴于辞令，人品又好，楚怀王对他另眼相待。

随着宠信日隆，屈原升任左徒，负责国家的一切政策和文告发布。

战国末期，诸侯称雄，互夺城池，混战不断。屈原见百姓惨遭荼毒，分外愤慨、痛心。

他倡导变法，试图振兴楚国，使楚国国富兵强，百姓得到安定。

正在这时，屈原遭遇了厄运。一个大夫嫉妒他，背地里向楚怀王进谗言，楚怀王被惹恼了，开始疏远他。接着，他被降职为三闾大夫。

公元前314年，秦国的张仪来到楚国。张仪告诉楚怀王，如果楚国与秦国结盟，秦国就赠送给楚国600里土地。

楚怀王有些动心，但屈原强烈反对。

屈原认为，楚国与齐国结盟才最安全，若与秦国结盟，必定会惹怒齐国，到时候，楚国孤单无靠，会被秦国吞并。

楚怀王不信，执意要与齐国断交，与秦国结盟。然而，一切正如屈原所料。楚国与齐国反目后，秦国并未送地，反而与楚国打起仗来。

第一次交战，楚国8万人被杀，70多位将领被俘。第

▼《九歌》中缥缈如幻的女子

▼《九歌》中女子，骑坐神怪之兽

二次交战，楚军又大败。战况惨烈，尸体层叠，血肉四溅。屈原痛愤难当，遂作《九歌·国殇》，追悼阵亡士卒。

楚怀王也又悔又恨，想起屈原昔日之言，赶忙召见他，让他去齐国，重修旧好。

秦国得知后，又派张仪前来楚国，瓦解"齐楚联盟"。楚怀王虽然还在气头上，但架不住张仪巧舌如簧，竟然再次被蛊惑，听信了秦国。

屈原从齐国回来后才得知消息，大吃一惊，连夜入宫，力劝楚怀王。楚怀王认为屈原管得太多，不把自己放在眼里，于是生气地斥退了屈原。

屈原回家后，思虑不已，苦闷不堪。

他心中郁积，有如一块坠石，难以消解，便奋笔疾书，写下了《离骚》。

《离骚》，共373句2 490字，是一首长篇抒情诗，自觉创作，独立完成。这在文学史上，还是第一次。它代表着，文学的自觉时代，已经来临。

《离骚》打破了四言格式，创造了新体——句法参差，韵散结合。这种新体，被称为"骚体"。

在语言上，《离骚》也有开拓，数不清的双声、叠韵、

▼《九歌》中老者，伴异兽飞腾
▼《九歌》中士大夫，驰龟于水

重言，如珠玉般涌现。

双声——如陆离、逍遥、佻巧、逶迤等。

重言——如浪浪、忽忽、暖暖、婉婉、邈邈等。

《离骚》是《诗经》之后崛起的又一座文学高峰，瑰丽奇伟，光怪陆离，人鬼杂糅，神秘莫测。

它还开了以情寄物、托物以讽的先河。

它的辉煌成就，被誉为"与日月争光可也"。

屈原的伟大，已到了无法形容的地步。他的作品，后被辑录成集，与当时楚国一带流传的散文一起统称为"楚辞"——楚国的歌辞。楚辞，就是赋，它开创了文学新时代，乃当时时代文学之标杆。

在《离骚》中，屈原倾诉了对国家的热爱，哀叹了百姓的艰难，批判了不公道的现象，但精神上还是积极的。

因此，当他再见楚怀王时，也仍旧劝谏不止。

▶清朝任熊所绘《湘夫人图》，
题材取自屈原的作品

楚怀王颇为厌烦，一怒之下，把屈原流放到汉水之北。

楚怀王仿佛中了邪一样，对秦国偏听偏信。公元前298年，秦国向他发出邀请，请他到秦国会盟，他竟然跃跃欲试。

此时，屈原刚刚流放归来。他痴心未改，依旧劝谏，说秦国是虎狼之国，说话不可信，不如不去。

楚怀王固执己见，倔强起行，离开楚国。

他带着一支队伍，毫无防范地踏上秦国的领土。结果，刚入武关，就被秦军抓住。

楚怀王被劫持到秦国都城，饱受胁迫。秦国让他割让领土，这次他表现出了不同寻常的骨气，宁可死，寸土不让!

扣押期间，楚怀王试图出逃。一次，他趁黑跑出，奔向邻近的赵国，但半途又被抓回。两年后，他客死秦国。

楚国人原本憎恶他，厌他昏聩，但他在生死关头表现出的骨气与勇气，却深深感动了楚国人。当他的死讯传出后，楚国人哭得泪水滂沱，昏天暗地。

屈原更为悲痛，泪流不止，哽咽难言。

七年后，当新任楚王与秦国联姻时，屈原觉得甚为可耻，义愤填膺。

"这么快就忘了楚怀王的冤死，这么快就忘了家仇国恨!"屈原昂扬振声，指斥这种行为是更大的屈辱。

很快，他再次遭到流放。

在荒僻之地，屈原艰难度日，但心里时刻都在惦记祖国。

▲明朝文徵明所绘《湘君湘夫人图》，题材取自屈原的作品

▲《山鬼图》，题材取自屈原《九歌》

公元前278年，屈原听到一个消息：楚国危急，都城已被秦国攻破，楚王逃离。

他心下一凉，暗想：这一日，终究还是来了。

国亡在即，屈原悲愤绝望，再无生意，自投汨罗江，以身殉国。

扩展阅读

春秋末年，王室衰微，私学兴起，个人写书增多。至战国，百家争鸣，著书立说已成时尚，《吕氏春秋》《管子》《孙子》《商君书》《公孙龙子》《列子》等，竞相争艳。

第二章
秦汉的寂寥回响

秦朝实施"焚书坑儒",给文学的发展带来毁灭性打击,使得那一时代的文学萎靡落寞。汉朝时,经济复苏,国力强盛,文化思想陡然自由,出现了《史记》等辉耀千古的巨著。这一时期,文风渐趋铺陈,少了浮靡诡辩,既冷静客观,又热情洋溢。但作品的总体数量却并不多,略显寂寥。

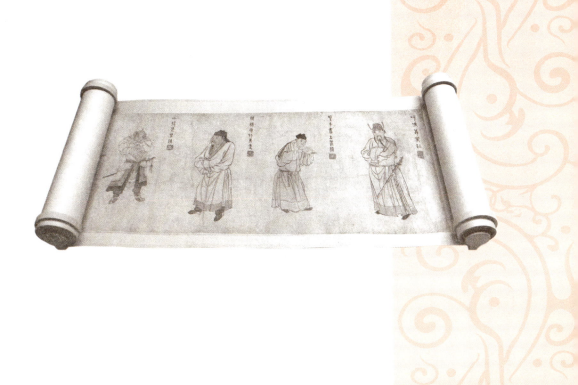

◎ 一场惊人的劫难

秦朝创立后，秦始皇并未安闲下来。他政务繁多，光是批奏疏，每天就要忙到深夜。

刚刚立国，他还有一件烦心事：是否把皇子们都封王？

一些大臣认为，应该封王，因为"古代"（周朝）就是这么做的。

丞相李斯却表示，不该封王，古代的事，都是陈芝麻烂谷子，不适合当下。

秦始皇有些犹豫，一时，竟茫然起来。

李斯见状，忙又进言，说周朝有分封制，所以，才乱了套，才有那么多诸侯王争霸，现在要吸取教训，绝不能封王！

秦始皇深以为然，当即同意废除分封制，不再封王。

事情就这样告一段落。

然而，它并未完结，八年后，它又蓦地浮出了水面。

公元前213年，秦始皇在咸阳宫设宴，宴请群臣。

一时，人人酒足饭饱，脸红耳热，笑谈不绝。一个叫周青臣的人，醉醺醺的，极力奉承秦始皇。

他一个劲儿吹嘘，说得天花乱坠，还说古代的圣主，没一个能赶上秦始皇。

淳于越也在席上，也喝得迷迷糊糊。他时任博士，专好博古通今，一听此话，顿时联想到古代的分封制。

▲《步溪图》中，儒者缓步而行，表情庄重而哀苦

他马上接过话茬儿，说应该给众皇子封王。

秦始皇听了，不动声色，只是任由群臣商议。

这下子，大臣们便七嘴八舌地说起来。有人说，学学古人没什么不好。

李斯霍地站起来，针锋相对地说："压根就没一点儿好！时代已经变了，今时不同往日，儒者们不好好地研究当下，成天惦记着去照搬老掉牙的东西，这怎么能配套！分明就是以古害今！"

他很激动，又说："秦灭六国，创立秦朝，几多不易！眼下六国遗民各有一套思想，难以统一，这就是分封制带来的遗患！现在，若再分封，又会弄出许多诸侯国来，到时候，儒者们又开始游走各国，什么百家争鸣，什么争霸战，不是都要重演一遍！天下岂不又乱成一团，怎么治理？"

▲历史故事图轴中，右边人物持刀相向，左边儒者泰然自若

李斯话音一落，秦始皇的心便又揪了起来。

这话，说到了他的心里，触动了他的神经。他最烦恼的就是如何征服六国遗民的思想，而他最担心的则是自己的统治会受到威胁。

因此，他不再沉默，果断地肯定了李斯的意见。

李斯受到鼓舞，又接着说："若想统一六国遗民思想，必须焚毁古书，推行法制！"

众人万分惊讶，个个瞠目结舌——古书浩如烟海，莫非都烧掉？

李斯说："《尚书》要烧，《诗经》要烧，这些书都赞颂了古代天子，而医书、农书等，可以都给百姓留着，因为它们很实用。"

他又提出，30天内，谁若不把书交出来，就处以黥刑，罚苦役四年；谁若把书藏起来，灭全族；若看见他人藏书而未举报，灭全族。

秦始皇眼露杀气，一字不改，全都批准。

现场气氛格外紧张，每个人都心态各异，散席后默默归家，寻书准备上交。

李斯主张中央集权制，本没有错，但他的焚书之议，却未免过于极端。第二天，全国各地，都燃起了焚书之火，烈焰熊熊，烧得惊心动魄。

▼《问道图》 儒者神态谦恭，彬彬有礼

20多天，宝贵的先秦古籍，就都化为了灰烬。虽然在皇宫藏书楼里还有备份，但民间基本绝迹。

这场文化浩劫，使文学走向了没落、荒寂。

书尽后，秦始皇自觉干净，心里陡然轻松。

他尽情操纵强权，享受荣华。不过，这期间，他又升起一种恐惧——害怕死亡。

他已年岁不小，万一哪天死了，这强权和荣华就不再属于他，他是万般舍不得的。

由此，他异想天开，开始广招方士，让他们弄长生不死药。

为首的侯生等方士，得了美食、钱物，便哄骗秦始皇，说可弄来神药。

可是，世上哪有这种药呢？

侯生等人在享受一番后，暗中逃走，并咒骂秦始皇暴戾专权。

秦始皇勃然大怒，命人追捕。他还亲自批捕460多人，一一活埋。

　　后来，侯生也被捉到。秦始皇最恨他，要把他车裂。他也不求饶，反而历数秦始皇的不足、罪过。

　　秦始皇听后，半天无语，然后就把他放了。

　　侯生是整个事件的始作俑者之一，却侥幸地未被"坑杀"。

　　这段历史，本是"坑术士"，而非"坑儒"。只不过，术士中有人为儒者。另外，还有一些儒者被牵连在内，于是后人以讹传讹，便变成了"坑儒"。

　　"坑儒"带来的效应，极为恐怖，朝野上下一片噤然。无人再敢随意说什么，随意写什么，个个小心翼翼，大气不敢喘。

　　除了应用文字（奏议诏议）以及一些对秦始皇的歌颂文字外，几乎再无他文。

　　百家之说已绝，思想自由被扼，整个"焚书坑儒"，使秦朝的学术瞬间断流，秦朝的文学跌入低谷。

　　世间，不再有璀璨的华章，不再有纵横的文气。古文化遭到破坏，文学进入失血期，奄奄一息。

扩展阅读

　　汉武帝时，董仲舒发展了被秦朝压抑的儒学，为帝王服务。汉武帝死后，新皇帝毒杀大臣，董仲舒心中恐惧，干脆辞归，闭门写书，著有《春秋繁露》。

◎ 人与鸟的对话

在河南洛阳，有一个叫贾谊的人。他善诵诗书，被视为奇人。

贾谊的工作，是辅佐河南郡守。由于他既用力，又用心，河南一片繁华安定，被评为"天下第一"。

汉文帝受到惊动，把贾谊召入宫中，担任博士。

这一年，贾谊才21岁，在所有的博士中，年龄最小。

每一次，汉文帝召臣子入对，贾谊都有精辟的见解，回答从不重样，别有新意。

汉文帝觉得，这才是真才，便破格提拔，把他升为太中大夫。

贾谊大悦，更加努力，提议改革礼制，以彻底代替秦制。为此，他还写了一篇《过秦论》，指出秦朝灭亡的根源。

《过秦论》是一篇政论兼史论的散文，极富文学色彩。

文中的内容，涉及8位君主，跨越150多年，但贾谊语言凝练，并不显拖沓、空疏。如在写秦始皇时，他只用了43个字。而这43个字中，竟连用8个动词，4个排比，强有力地刻画出了秦始皇君临天下的形象。

因用词跳跃奔放，磅礴峥嵘，《过秦论》被誉为"西汉鸿文"。

贾谊如此优异，令汉文帝心生欢喜。他决定，再次提拔贾谊。

可是，老将周勃、灌婴等人，却嫉妒贾谊。他们开始背地里诽谤，散布流言，说贾谊小小年纪，便轻浮奸诈，专好显摆，扰乱诸事。

汉文帝心中产生了疑虑，逐渐疏远贾谊，并把他调离出京，到长沙任职。

几千里路，坎坷崎岖，贾谊默默前行。他受冤被贬，既怨愤，又伤感。当船过湘江时，他忍耐不住，写下《吊屈原赋》，以追悼屈原，来抒发愤懑。

到长沙当太傅后没多久，他便得知了周勃无辜下狱的消息。

尽管周勃曾陷害他，但他还是上疏给汉文帝，建议皇帝礼待大臣。

长沙低洼、潮湿，贾谊不能适应，身体日益衰弱。三年后，他已极度虚弱。

他很哀伤，以为自己活不久了。一日，他独坐幽思，忽见一只鵩鸟（猫头鹰）飞进屋中。他陡然一惊，继而倍加伤感。

鵩鸟在旧时被视为不祥之鸟，贾谊本来忧郁，这下便觉得死神即将来临。

他回想前尘今事，忧愤交加，提笔写下了《鵩鸟赋》。

《鵩鸟赋》行文奇特，以人与鸟的对话为发端，开了汉赋主客问答体的先河。

《鵩鸟赋》一气呵成，潇洒深沉。通篇多为整齐的四言句，也有散文化的倾向，体现着文体的过渡。

贾谊作赋后，心情略得舒展。接着，好消息传来，汉文帝仍惦念他，召他入京。

贾谊百感交集，感慨一番后，疾速起行。

未央宫中，有一间祭神的宣室。汉

▲刘向著有《列女传》，图为根据《列女传》所绘的《仁智图》

▼《却座图》中间坐者为汉文帝

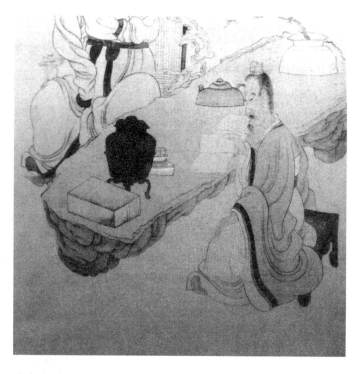

▶书是古人求进之物，须臾不
离，此为《高贤读书图》

文帝在此接见了他，向他询问鬼神的原本。

贾谊予以详述，不觉讲到深夜，四周俱寂。

汉文帝听得入迷，几次移动座位，一直坐到贾谊的身边。

讲论结束后，贾谊退出。汉文帝感叹地对侍从说，很久没见贾谊，自以为超过了他，不想，还是比不上。

汉文帝下令，任贾谊为梁王太傅。

梁王是汉文帝的幼子，最受宠爱，其治所也距京城很近。汉文帝如此任命贾谊，算得上重视，但未让贾谊入朝，终究又不算重用。

贾谊不知自己是什么感受，只能奉命上任去了。

他虽不在京城，但仍体察政事，居安思危，多次上书陈事，皆有超前的洞见力。

公元前169年，梁王进京，贾谊伴随左右。

岂料，梁王年少，一不小心，坠落马下，猝然而死。

贾谊大惊、大痛。虽然此事和他无关，但他却觉得，自己身为太傅，却没看好梁王，不禁深深自责。

贾谊极度心伤，经常暗自哭泣。由于他日夜忧郁，寝食皆废。

梁王没有儿子，按照祖制，封国应该撤销。贾谊连忙劝阻汉文帝，提议另立梁王，并扩大封地，使其北到黄河，南到长江，形成一道对京都的保护屏障。

汉文帝听从了。后来，吴楚发生叛乱，正是新立的梁王倚靠这道屏障，拼死抵御，才为朝廷挡住了外患。这都得益于贾谊的远见。

然而，贾谊却始终陷在哀愁中，第二年便忧郁地死去，年仅33岁。

⎨ 扩展阅读 ⎬

刘向为文学家，性忠直，曾因反对宦官弄权，被贬为布衣。其散文，简约畅达，舒缓平易。他也是目录学家，与其子刘歆共写《七略》，为中国第一部目录学著作。

◎ 风雅的活儿

公元前141年，正月间，刘彻即皇帝位，为汉武帝。

他血气方刚，胸有韬略，想一展宏图。可是，他才12岁，政权都掌控在太皇太后窦氏手中，他说了不算。

好在他的身边有一群忠臣，精心辅佐他，使他减少了一些烦闷。

随着年月渐深，汉武帝才干增进，显示出雄才大略之姿。他决心改革，剔除陈腐，振兴汉朝。

然而，他的新政，推行不畅，阻力重重。由于触犯到权贵的利益，权贵们乱作一团，争先涌入太后宫告状，说三道四。

窦太后不喜变动，也反对新政。她听了这话，大为不快，极力阻挠。

▼西域文化的引入，丰富了乐府诗，图为西域乐俑

汉武帝又气又恼，他胸有大志，却什么也做不了，只能听凭太后摆布。

大臣赵绾和王臧也有心治世，便悄悄告诉汉武帝，以后议事，暗中进行，瞒着太后，不让她知道。

汉武帝觉得，此法可行，便同意了。

但世上哪有绝对的秘事呢？尤其是，皇帝议事，必然有太监、宫女等知道，稍微不小心，就会泄漏一丝口风。因此，窦太后还是知道了。

她勃然大怒，气得浑身哆嗦，命人暗中监视赵绾、王臧，查找他们的过错。

　　不几日，窦太后便抓到了把柄。她小题大做，召来汉武帝，说赵绾和王臧心术不正，专好花言巧语，卖弄口舌，教皇帝学坏，必得严惩。

　　汉武帝年少，处事尚不周密，一时，竟无办法。他不能反抗太后，否则，就是不孝，有可能会被废掉，因此，只能听任太后发落。

　　窦太后下令，抓捕赵绾和王臧。

　　赵绾、王臧入狱后，怕牵累皇帝，也怕牵累家人，又自知难活，便先后自杀。

　　窦太后怀恨颇深，并未罢休，又罢免了汉武帝任命的官员，废除全部新政。

　　汉武帝的一腔心血，瞬间化为乌有。他又成了傀儡，空有皇帝之名。

▲汉朝人俑，配合乐府诗所跳长袖折腰舞

　　此事过后，汉武帝陡然成熟起来。他开始养精蓄锐，避开太后锋芒，即便心中万马奔腾，脸上也平静如水。

　　公元前135年，窦太后死了。汉武帝长舒一口气，总算迎来了亲政之日。

　　他不及喘息，迫不及待地实施新政，大刀阔斧地振兴儒学，加强中央集权。

　　对内，他又与民休息；对外，他又平定动乱。在他强有力的措施下，汉朝经济繁荣，国力蒸蒸日上，疆土一再扩张。

　　他还令人出使西域，为西域并入中国版图奠定了基础，丝绸之路也由此开辟。

　　汉武帝也极其重视文化，公元前112年，他正式下诏，

设立乐府。

乐府，秦朝就有了，只是汉乐府更为系统、庞大。

作为一个官署，汉乐府的任务，风雅至极。工作人员要干的活，就是采集歌谣、诗，以便配乐，在祭祀或宴会时演奏。

被乐府搜集到的诗歌，称为"乐府诗"，也简称"乐府"。

乐府诗是一种新诗体，吹起了一股现实主义之风。

在乐府诗中，还有很多女性题材，语言通俗，贴近生活。

乐府诗的叙事，由杂言趋向五言。这表明，五言诗的发展，迎来重要阶段。

在文学史上，汉乐府地位极高，与《诗经》和《楚辞》鼎足而立。

扩展阅读

敢于打破儒家之法，把文章写得自由随便的人，是汉朝的扬雄。**扬雄说话结巴**，性情恬淡，后因受冤被捕，无奈跳楼。但未死成。有人问他为何跳楼，他回答因太寂寞。

◎ 悲苦的绝唱

司马迁的家境颇为殷实，曾用4 000石粟米，换来爵位，免去徭役。

司马迁的父亲司马谈，是个史学家，亲自教导他习文，使他才学大增。

父亲当上太史令后，司马迁留在老家，继续耕读。

20岁时，他游历天下，考察齐鲁的孔子文化。之后，他依靠父亲的关系，出仕为官。

公元前110年，春暖花开，河流奔腾，司马迁奉命西征。

就在这时，汉武帝前往泰山，准备举行封禅大典。

这是旷世之举，司马迁的父亲非常想去，不想，却刚巧生病，不得成行。这让他万分遗憾，愤懑在心，加重了病情。

司马迁西征结束后，也赶赴泰山，不想，半路上，却遇见垂危的父亲。

他父亲还在遗憾，说不能参加封禅，是命中注定。

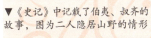

▼《史记》中记载了伯夷、叔齐的故事，图为二人隐居山野的情形

▼《茅屋飞雪图》中，人物正展卷读写

之后，他父亲留下遗言，说孔子曾研究整理《诗经》《尚书》《春秋》等，至今仍被学者视为法则。如今，汉朝也有了历史，而自己身为太史，却没能记载评论，心里十分不安。

司马迁一边听，一边流泪，发下誓言，一定不负父亲所望，要编纂历史，不让它有丝毫缺漏。

他父亲颔首而逝。

司马迁安葬了父亲后，牢牢记着父亲的遗言。因他崇拜孔子，便决定，效法孔子精神，作《史记》，成一代大典。

然而，他的想法还没有实施，一场祸事就发生了。

公元前99年，大将李陵率步兵5 000人出征，岂料，行军中途遇到匈奴兵马，遭到围攻。李陵奋力抗击，但援兵迟迟不到，而匈奴兵却越聚越多。粮尽箭绝后，李陵投降。

消息传到朝廷，群臣大怒，纷纷唾骂李陵。只有司马迁说，李陵一向有报国之心，他只有5 000步兵，却杀敌一万多，即便战败投降，功也可抵过。

司马迁又推测：李陵并非真的降敌，也许是权宜之计，等活下来后，再找机会反攻。

汉武帝也觉得有理，暂且息怒。

岂料，前线有位将领嫉妒李陵，便谎称，李陵正为匈奴练兵，准备叛乱。

汉武帝再也沉不住气，火冒三丈，将李陵灭族。而司马迁曾为李陵说情，也受到牵连，被定为大不敬之罪，判死刑。

司马迁被抓进牢狱，等候斩首。

司马迁并不惧死，但他心事未了。他的史书还没写完，若就此死去，与蝼蚁之死差不多，轻飘飘，毫无意义。

他想，昔日，周文王在囚室推演《周易》，孔子在困厄中理《春秋》，屈原在苦难中作《离骚》，吕不韦在失意时编《吕氏春秋》，韩非在幽禁中作《孤愤》……这些圣人高士，都是在愤懑中写出巨作的！他也当如此，也能如此！

司马迁的心底，升腾出一股豪气。但是死刑在即，如何才能一了心愿呢？

他左思右想，想到一个办法，以腐刑赎死刑。

他赶紧写书，向汉武帝求请。汉武帝犹豫片刻，答应了他。

司马迁被割掉生殖器后，放归家中。他羸弱不堪，但坚毅顽强，一声不吭地发愤著书。

他夜以继日地工作，除了囫囵吃几口饭，几乎没有休息的时间。他要抓紧一切时间，去完成父亲遗愿，去实践自己的使命。

七年后，司马迁55岁，终于创作完成了《史记》。

《史记》共52万余字，记载了3 000多年的历史。司马迁在写史时，常掺入自己的感情，加入自己的判断，因此，使书散发着浓郁的抒情气息。

在书的开头，每篇的末尾，司马迁还写下了个人的评析、感慨。这种体例，有点儿像现在的序、后记。

有的篇章，还有小说、戏剧的元素。后世的小说家、戏剧家，常从中汲取养分。

《史记》是历史上第一部纪传体通史。自它之后，各个朝代的正史，都采用这种写法。

▼《淮南子》中记载了"嫦娥奔月"等神话，此为《嫦娥图》

《史记》的影响，无比之深，无比之远，无所不在，被誉为"史家之绝唱，无韵之《离骚》"。

可是，由于《史记》为"实录、信史"，不虚美，不掩恶，对皇帝的好坏都如实记录，因此，汉武帝看到后非常不快，视之为"谤书"，大加责难。

第二年，司马迁就死了，死因不明，也无人敢猜测。

司马迁死后，他的女儿冒着杀头之罪，把《史记》藏起来。这位勇敢的女子后来有了一个儿子，名杨恽。杨恽好学，她便把《史记》取出，教他念读。

杨恽被深深吸引，爱不释手，字字细看，句句用心。

直到成年后，杨恽还是不能释怀，再三研读，每读一遍，都忍不住热泪盈眶，时时以袖抹泪。

到汉宣帝时，杨恽被封侯。他见朝政清平，便献出《史记》，使天下人得以共享。

扩展阅读

刘安为汉武帝之叔，因谋反被杀。他主持编写的《淮南子》，说林、说山、说人，为汉朝著述中的"第一流"。许多神话（《女娲补天》《后羿射日》《嫦娥奔月》等）都靠此书流传下来。

◎ 要命的手稿

班固16岁时，前往京都洛阳，进太学读书。

他学习好，肯钻研，有见地，习书求大义而不拘小节。他如此出色却格外随和，同窗都愿意亲近他。

班固在洛阳住了七年，在他23岁时，父亲班彪不幸病逝。

意外的噩运，让班固痛不欲生，憔悴不堪。

父亲去世后，生计困难，班固便离开京城，回到扶风的老家。几乎在一夜间，他就从官宦公子，降为了乡村小子，这巨大的落差，让他分外沉重。

但他没有绝望，而是擦干眼泪，想要干点儿实事。

◀汉武帝屡次出兵匈奴，此为《苏李泣别图》，表现了汉朝将领送使者出使匈奴的情景

班固的父亲生前为史学家，病故后，留下一部手稿《史记后传》。书未写完，内容还很单薄，结构也很散乱。班固决定，接过残稿，予以补充，写成《汉书》。

在书写时，班固还时时留意出仕的机会。

公元58年，他写了一封自荐书，呈给一位将军，渴望得到任命。但不知为何，自荐失败。

班固有些失落，但并未泄气。他定下心来，全力以赴撰写《汉书》。

正当他写得昏天黑地的时候，有人向皇帝举报，说他"私修国史"。

在汉朝，不经朝廷同意，个人写史书，属于犯罪，要处以死刑。因此，皇帝得知后，立刻下诏，收捕班固，关入大牢，查抄手稿。

事发突然，班家一片紧张、茫然。

班超是班固的弟弟，尚武重义。他来不及多想，连忙骑上快马，星夜赶赴洛阳，打算上书皇帝，替班固申冤。

为赶时间，班超速度极快。一路上，他几乎不吃不睡，策马狂奔，经过各个关卡时，犹如闪电、流烟。

汉明帝颇为意外，格外关注，等班超一到，立刻召见，

▼《女史箴图》局部，内有班婕妤故事，表现女子忠于君主的操守

▼《女孝经图》，展现女子应该遵守的礼仪。其内容，受班婕妤思想影响

亲自询问。

班超满面灰尘，慷慨陈词，将父兄两代人修史的辛劳一一尽述，又表明，此书并非谋逆，而是宣扬"汉德"。

由于班超行速飞快，他入宫时，被查抄的手稿还在路上。他又等了一阵子，手稿才送到。

汉明帝翻阅手稿，肯定了班超所言，又见字里行间才气荡漾，深以为异。

他下令，释放班固，到校书部任职，掌管校定皇家书籍。

▲《文人集会图》中，一人挥墨而写，儒雅风流

班固出仕后，尽心尽责，工作极为出色。但他官职低微，又是清官，当班超与母亲入京后，一家人竟贫寒到无米下锅的地步。

为了生计，班超便替官府抄文书。

对于班超，汉明帝的印象非常深刻。他每想起班超星夜奔驰救兄，就感慨不已。一日，汉明帝召来班固，询问他班超怎么样。

班固据实相告，说班超有勇气，有辩才，是个好儿郎。

汉明帝很满意，特别下旨，任班超为兰台令史。

这样一来，全家总算安顿下来，能够吃饱睡安稳了。

汉明帝还下令，允许班固继续写《汉书》。

班固又惊又喜。从私自写书到奉诏写书，其间经历了无数风波坎坷，如今终于得偿所愿，他有一种喜极而泣的感觉。

有了皇帝的支持，班固再也不必担惊受怕，还能充分利用皇家典籍，撰史进度大大加快。

公元75年，汉明帝驾崩，新皇帝为汉章帝，依旧器重班固。

班固常伴帝读书，出巡随行，还参议大事。尽管如此，班固却渐渐有了一种遗憾。

他觉得，自己年已不惑，却仍未升迁，总归不够完美。

他为此写了一篇《答宾戏》，以问答的方式，一面抒发忧闷，一面反驳自己不该有此种想法。

文章积极向上，构思极巧，言辞诚恳、高雅。汉章帝读后，大力赞赏，提拔班固为司马。

班固又作《典引》，恭颂汉德。此文虽小，意义重大。它以四句为主，为后世四六句的雏形。

公元82年，《汉书》大功告成，共历25年。

全书洋洋洒洒共80万字，记述了12代帝王230年间的事迹，是《史记》之后又一部重要史书。

《汉书》是中国第一部纪传体断代史。此后，所有的断代史，都以它为标杆。

《汉书》还是中国第一部有图书目录的学术史书，它的编纂，更为完备。它以人物传记为主，虽各自成篇，但又彼此相连。

《汉书》既成，一时大热，不过，还只是初稿，有许多地方还待修改。但班固却顾不上，他想去参军。

原因是，他已经58岁，却还是司马，他觉得地位不高，想去战场建功立业，获取爵位。

公元89年，班固跟随将军窦宪，北征匈奴，长驱大漠。

此次远征中，匈奴军悍勇无比，但窦宪穷追不舍，有一次，竟追出大营5 000里。匈奴不敌，遁逃而去。岂料，匈奴灭国后，窦宪居功自傲，骄横猖狂，试图谋反。由于机事不密，被朝廷得知，窦宪自杀。

此事牵连到了班固。

班固在军中时，主掌笔墨，曾屡次写赞文，赞颂窦宪抗匈奴之功。因此，窦宪事发后，班固也未能逃脱，被罢免了职位。

洛阳的令丞，与班固有旧怨，借此，便罗织罪名，加以陷害。

班固躲避不过，被捕入狱。狱吏施用酷刑，将他百般折磨致死，对外则说是病死的。

班固死后，《汉书》手稿尚且散乱。皇帝听说班固有个妹妹，叫班昭，才华不凡，便下诏，令班昭入宫，至藏书阁，完成《汉书》。

▼《秋风纨扇图》，班婕妤眼神忧郁，神情哀然

班昭继承父兄遗志，进行了细致的整理、核校，并补写八篇，为这部光辉巨著的正式问世，作出了贡献。

班昭还写了《女诫》，成为古代女性的行为准则。不过，此书强调男尊女卑，对女性思想和自由的禁锢，长达1 000多年，令人骇然。

但在古代，这却算作正常。皇帝不仅礼遇班昭，还让皇后和妃嫔视她为师，尊称她为"大家"。

太后还特别下旨，允许班昭参政。

班昭去世时，太后又换上素服，以示哀悼。

扩展阅读

班婕妤是汉成帝的妃子，也是文学家，爱写赋和五言诗。她很有美德，被太后赞为："古有樊姬，今有班婕妤。"班婕妤是班固的祖姑，她死后30年，班固出生。

第三章
魏晋南北朝的清旷之风

历史上，魏晋南北朝是最动荡的时期，也是最活跃的时期。在近400年中，各种矛盾交织，各种观念涌现，各种态度起伏，各种审美碰撞，广阔的现实人生被撞开，个人的精神世界被展现，"人"成为文学的真正主题。士族文学、田园文学、宫廷文学等，竞相而起，文风清旷。

◎ 逝去的慷慨悲凉

年轻时，曹操很任性，一心好侠，显得放荡不羁。时人觉得他没品行，没才能。但也有个别人认为，这正是他的不凡。

曹操不在乎别人的看法，我行我素。他爱好武艺，总是拿着戟，任意乱舞。

▲《洛神赋图》，女仙飘行在前引路

一日，精力旺盛的曹操，偷偷潜入一座府邸，偷看人家学武。不料，被人发现。他急忙飞奔而逃，扒墙头翻了出去。

曹操不仅崇拜大侠，还博览群书，尤喜兵法，并为《孙子兵法》作注。

曹操生活在汉朝末年，天下纷乱，各地都在打仗，皇宫也乌烟瘴气。主掌并州的董卓，悍然入京，毒死皇帝，另立幼主，由自己掌控朝廷。曹操见此，心中顿生大志，想要平定暴虐。

他尽显豪侠之风，散尽家财，招募义兵，号召天下英雄齐讨董卓。

公元190年2月，春寒料峭，曹操与多股义军攻打董卓。董卓不敌，挟持幼帝出逃，还焚毁宫殿，挖掘皇陵，劫掠百姓，使洛阳200里地瞬间荒芜，人烟灭绝。

曹操震骇感慨，写下诗歌《蒿里行》，内中有句："铠甲生虮虱，万姓以死亡，白骨露于野，千里无鸡鸣，生民百遗一，念之断人肠。"

在汉乐府中，《蒿里行》为挽歌。但曹操没有照搬旧规，而是用旧题写新内容，也就是不写挽歌写时事。这种开创是大胆的，影响颇大。

全诗以简练之语，概括了一段凄惨的历史，被誉为"诗史"。

可是，对于如此景象，义军虽然震悚，但并不敢去追杀董卓。

曹操分外焦急。他认为，董卓劫持天子，实在过分，应与他决战。于是，他独自率领自己的一支队伍去追。

到了河南的汴水，曹操与董卓军相遇，发生交锋。

曹操兵少将寡，不堪一击，死伤惨重。他自己也中了飞箭，差点儿战死，只好撤退。

第二年夏天，曹操再次出征。

此时的他，杀气腾腾，行经徐州时，大肆攻伐，一路上，尽是废墟，没有一个行人，鸡犬也都不见。

尽管如此骇然，但还是没能攻克董卓。

后来还是司徒王允与人商议，设下计谋，这才将董卓诛杀掉。

曹操救出皇帝后，也开始把控朝政，"挟天子以令诸侯"，皇帝依旧形同虚设。

公元207年，曹操下令，远征乌桓，消灭袁氏势力集团。

乌桓位于辽宁，而曹操身在河南，路途遥远，坎坷难行。但曹操不畏险难，亲自率军行动。

5月，大军行至天津蓟县。赶上雨季，大雨瓢泼，路上积水成河。浅水处，车马不通，深水处，又不能行船。将士们浑身湿漉漉，懊恼苦楚。

曹操愁眉不展，唉声叹气。

就在这时，他听说，还有一条古道，尚可行军，只不过此道断绝已久，只有一条

▼《洛神赋图》，前者为曹植
▼《洛神赋图》，女仙凌波而行

"微径"。

他当机立断，改道而行。

于是，大军穿入密林，登上深山，翻越险谷，几番艰难，总算进入乌桓地界。

柳城，是乌桓的老巢。8月，初秋时分，曹操已神不知鬼不觉靠近柳城。

当袁军发现时，曹操距柳城已不到200里。袁军大惊，派出万骑精锐，火速拦截。

曹军先锋皆为轻骑，很少有披戴铠甲者。而袁军皆重甲，军势甚盛。不过，曹操站到山头上仔细一望，见袁军虽强，但仓促而来，阵脚凌乱。

他心中大喜，下达军令，等袁军军阵移动时，再突发猛攻。

如此一来，袁军开战伊始便陷入混战。曹军一径冲杀，大破乌桓。

▼《建安七子图》，一"子"得到好句，喜出望外

远征得胜后，曹操喜不自禁。他兴致大发，提笔写下《步出夏门行》，记述这次行动。

此诗，分四个部分，一为《观沧海》，二为《冬十月》，三为《土不同》，四为《龟虽寿》。

《观沧海》中，有这样的句子："秋风萧瑟，洪波涌起，日月之行，若出其中，星汉灿烂，若出其里。"格调雄放，朴实无华。

《龟虽寿》中，有这

样的句子："老骥伏枥，志在千里，烈士暮年，壮心不已。"气势磅礴，积极豪迈。

全诗，极为慷慨悲凉，显出建安文学的特色。

建安文学，是建安年间兴起的一个文学流派。曹操荫护建安文人，并提供物质条件，使其发展迅猛。

曹操的长子曹丕，是建安文人的实际领袖，对"建安风骨"的形成，起到很大作用。

在乌桓之战胜利后，参战的曹丕也忍不住赋诗，名《燕歌行》。

▲《建安七子图》，几位名士围坐读写

这首诗，成就极高。他开创性地使用了七言诗，而且，句句带韵。

这是历史上第一首七言诗，没有雕琢，却情致流转，被赞为"倾情，倾度，倾色，倾声，古今无两"。

在这不同寻常的一年，曹操的第三子曹植，刚刚十岁，未能参与这个纪念性时刻。不过，曹植的华彩，在曹操死后怒放了出来。

公元220年，曹操病逝，曹丕继位。曹操生前，颇爱曹植，差点儿让曹植继位，因此，曹丕对曹植非常戒备。他严密地监视曹植，防范曹植，并让曹植离京，屡次改换曹植的封地。

公元222年4月，曹植入京谒见，之后，被命迅速离京。

路上，曹植眼见草长莺飞，烟水如碧，自己却被限制、被打击，不禁抑郁哀伤。他知道，他无论有何志向，都不可能实现了。他的一生，都将谨小慎微，在压抑中度过。

曹植忧郁失落，情不自禁，写下了《洛神赋》。

在《洛神赋》中，他塑造了一个美丽的洛神，象征自己的理想；又虚构了向洛神求爱的情节，象征自己对理想的追求；最后，他描写爱情失败，象征理想的破灭。

这首辞赋，既抒情，又浪漫，开辟了辞赋新境界。

它的魅力，超越时间，经久不衰。

晋朝时，书法家王献之、画家顾恺之等，都将它付诸笔墨。宋朝、元朝、明朝时，剧作家又将它搬上舞台。历朝历代，对它的演绎，作品难以计数。

> ### 扩展阅读
>
> 孔融是孔子的第19世孙、"建安七子"之一。其散文，犀利诙谐，有气势。他好客，好评时政，言辞激烈。曹操猜忌他，以"图谋不轨"罪把他杀死，死后无人敢为他收尸。

◎流落大漠的女子

蔡邕是个辞赋家，偏爱小赋。他写的小赋，又灵活，又清新，又有人情味，总能感染人。

他有一首《青衣赋》，是言情小赋。赋中，他不加掩饰，坦白自己爱上一个出身微贱的女子。这对礼法来说，是种挑战，但他毫不在乎。

蔡邕藏书极多，至万余卷。他装了好几车，送给好友，家中还剩几千卷。

蔡邕有个女儿叫蔡琰，字文姬，受到他的影响，自小手不释卷，非常博学。因蔡邕又好音乐，蔡文姬也精通音律。

蔡文姬九岁时，一夜，蔡邕弹琴，弦断一根。蔡文姬看都没看，便道："是第二根弦断了。"

蔡邕很惊异，以为女儿是误打误撞，偶然说中，便偷偷地故意又弄断一根。

蔡文姬又道："第四根又断了。"

▼《胡笳十八拍图》此为匈奴人马

▼《胡笳十八拍图》 此为蔡文姬临别场面

蔡邕心悦诚服，视女如宝。

蔡文姬长成少女后，嫁到一个望族之家，岂料夫君早亡，她尚无子女，只能回到娘家。

兵荒马乱，蔡邕在家闲住。因名声太大，董卓强迫他为官，否则杀头。蔡邕无奈入朝。董卓死后，蔡邕受到牵连，死在狱中。

蔡文姬见父亲冤死，悲痛欲绝，愤恨不已。

祸事却接踵而来。混战中，有一伙羌胡兵——董卓旧部，将她掳走，流至大漠。

有人发现了她，认出她是蔡邕之女，便把她献给匈奴的左贤王。

左贤王纳蔡文姬为妃，颇为宠爱。蔡文姬先后生下二子，受到的礼遇更甚。然而，她仍想念故国，时觉凄凉。

12年的时光，悄然而过，蔡文姬习惯了荒凉的沙漠、苍莽的水草。可是，她的怅惘与悲伤，反倒更加浓重。她

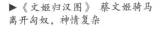

▶《文姬归汉图》 蔡文姬骑马
离开匈奴，神情复杂

时时凝望故国的方向，沉思不语。

在中原，曹操基本统一了北方。曹操与蔡邕是故交，昔日曾交流文学、书法。一日，曹操想起逝去的旧友，念起身后无子，唯一的女儿又流落匈奴，未免可怜。

曹操便令人出使匈奴，携带金璧，将蔡文姬赎回。

左贤王不舍，但碍于曹操势大，不敢违抗，只好送蔡文姬离开。

蔡文姬喜极而泣，却又舍不得孩子，痛苦难当，矛盾至极。

走至半途，风雪大作，沙粒横飞，景象凄迷。蔡文姬愈发伤感，创作了《胡笳十八拍》。

这是一首乐府歌，长篇抒情诗，有1 297个字。

由于蔡文姬"才气英英"，又是泣血之作，因此，人在读此诗时，会惊得坐起来，感觉"沙砾自飞"，人怀抱"激烈"。

▲《文姬归汉图》，护送蔡文姬的匈奴兵马

回家后，蔡文姬仍旧不能开解，又写下两首《悲愤诗》。

两首中，一为骚体，一为五言体。其中五言诗最为奇特，在文学史上，是第一篇自传体的长篇叙事诗，曹植和杜甫都曾受此影响。

文姬归汉后，再嫁董祀。董祀是屯田官，负责给曹操大军供应粮草。婚后不久，董祀工作失误，被判死刑。

蔡文姬泪如雨下，几乎绝望。她去见曹操，为董祀求情。

曹操正在宴客，席间皆公卿名士。他告诉众人，蔡邕之女在外，可一见。

蔡文姬入内，散发赤脚，叩头请罪。

她形容憔悴，但说话却超凡出俗，清晰透彻，情感又酸楚哀痛，众人皆动容。

曹操听罢，说："用刑文书已发，如何？"

蔡文姬说："快马千万，岂吝惜一马，而弃一人命？"

曹操颔首，赠蔡文姬头巾、鞋袜，赦免董祀。

蔡邕生前，藏有很多珍贵典籍，但因战乱连年，大多流失。曹操始终惦念，便问蔡文姬，可还记得昔日书典。

蔡文姬告诉曹操，父亲留给她4 000多卷，多数失于战乱，她所能记下的，有400多篇。

曹操很高兴，打算挑选十个才士，协助蔡文姬一起写下来。

蔡文姬婉言谢绝，说男女授受不亲，她独自完成即可。

于是，蔡文姬回忆那几百篇古籍，将内容写下，无一点儿错误，为文化传承作出了贡献。

扩展阅读

孔稚珪是南朝的骈文家，不好世务，门庭中，草蔓不剪。皇帝不喜欢谁，他就严厉弹劾。他的骈文，把山川草木拟人化，嬉笑调侃，嘲讽名士假清高，世所传诵。

◎ 一日不说一句话

阮籍爱诗书，爱弹琴，爱习武，但不爱荣华，不爱富贵，乐天安贫，孤僻闲荡。

很多时候，他一整天都不说一句话，很多人都误以为他是个哑巴。

公元242年，太尉蒋济听说他有才志，便召请他。

阮籍不言，写下一文，送到洛阳城外，请人转给蒋济，说自己身份卑微，不堪重任。

蒋济心想，既然不想为官，为什么跋涉远道，巴巴地跑来洛阳城外，可见是客气话。

于是，他便命人去迎接阮籍。谁知，阮籍已回家去了。

蒋济很生气，迁怒部属。部属害怕，便写信给阮籍，一再恳求、劝说。

阮籍无法，只好勉强就任，不久后便称病，飘然辞归。

公元249年，朝政混乱，杀戮频仍。阮籍愤懑、不满，又感觉无能为力，便远离是非，明哲保身。

每日里，他不是闭门读书，就是登山临水，或者酣醉不醒，多数时候仍三缄其口。

在山阳县，有一片野生竹林，青苗幽静。阮籍常和嵇康、山涛、

▼竹林下，高士倚石而坐，旷逸自在

▲《高逸图》，人物为竹林七贤
之一的山涛

▲《高逸图》，人物为竹林七贤
之一的王戎

▲《高逸图》，人物为竹林七贤
之一的刘伶

▼《高逸图》，人物为竹林七贤
之一的阮籍

向秀、刘伶、王戎前往竹林，大肆喝酒、纵歌、吟诗。

他的儿子阮咸，羡慕不已，也加了进来。

七人被称为"竹林七贤"。他们崇尚玄学、清谈，其影响波及至今。

阮籍的思想，颇为新锐。他还做出一个创举：在写《咏怀诗》时，把82首五言诗都连在一起，塑造出一个悲愤诗人的形象。这在诗史上，有开拓性的意义。

这组《咏怀诗》，奠定了五言诗的基础，也是文学史上的一大贡献。

其后，左思、陶渊明、鲍照、陈子昂、李白等人的诗篇中，都有对《咏怀诗》的继承。

阮籍崇尚玄学，不仅诗中充满虚无放诞的气息，他的人生态度，也纵放横决。

一日，他的嫂嫂回娘家，他为之饯行，还送之上路。旁人皆惊，纷纷非议，指摘他不避嫌，不遵礼法。阮籍道："礼法难道是为我辈设的吗？"极度超然。

又一日，阮籍的哥哥来访，因哥哥总是讲求礼法，他便给哥哥白眼。一时，稽康携琴酒而来，他立刻把白眼转为青眼。

阮籍如此放浪形骸，离经叛道，在清朝《红楼梦》中的贾宝玉身上，也能看到他的影子。

阮籍40岁时，朝政稍平，他才开始出仕。

有一年，他主动请求，去步兵营中担任校尉。原因是，此职隶属中央，但兵权不大，不会让人感到威胁，且有酒喝，能解他馋瘾。

有人想知道他对时局的看法，左右刺探。他一味喝酒，什么也不说，被逼迫时，便说得玄玄乎乎，云山雾罩。

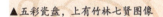
▲五彩瓷盘，上有竹林七贤图像

权臣司马昭倾慕他，想与他联姻，派人去提亲。阮籍便猛灌浊酒，日日大醉。他一连醉了60天，提亲的人无法说话，只得回报司马昭。司马昭气得大喊："醉鬼，由他去！"

公元263年，司马昭想要篡位，自己当皇帝。他命阮籍写诏书，阮籍不理，照旧喝酒，以醉蒙塞。

两个月后，他便死了。

🕮 扩展阅读 🕮

郭璞是晋朝人，注释多部古籍，现今的《辞海》或《辞源》上，都有他的注释。他还是"游仙"诗体的鼻祖。权臣王敦叛乱时，让他占卜，他气愤地说，必死。王敦怒，问他可知自己性命。他说：知，死于中午，两棵柏树下。王敦把他押到南岗杀害时，果见二树。

◎十年成一文

左思的家族，世代习儒。左思却显得很笨，没有灵性。

他先是学习钟磬，许久没有学成；又学弹琴，也不成调；又学胡书，还是一问三不知。

他父亲有些绝望，说他和自己幼时比，简直差远了。

左思听了此话，自尊心受伤害，开始努力学习，竟然出色起来。

他父亲又惊又喜，仿佛做梦一般。

▲图中小童正在读书，神态拘谨，透露着怯意

左思长得难看，口齿笨拙，不善言辞。他很少与人来往，平时，总是独自深居，默默读写。

他写了一篇《齐都赋》，花了一年时间。他很满意，内心骚动起来，想再写一篇《三都赋》。

左思的妹妹左棻，也有才华，文名很大。晋武帝得知后，召她入宫，纳为妃子。这意外的事件发生后，左思一家便都搬至京都。

入京后，左思正式书写《三都赋》。他到处搜集资料，每得一句，都要记录下来。家里的门口、庭院、厕所，都放着笔纸。

但道听途说终究有限，左思愁眉不展。为了增加见识，他只好求助妹妹，让妹妹帮他在朝中谋个职位。

左棻的日子，其实很难熬。她相貌不佳，皇帝娶她，只图名声，并无怜爱，更无宠幸。左棻羸弱多病，独居薄室，困苦不堪。只有宫中有事时，她才露面，奉诏作文。她写的《离思赋》，便是应诏而作。全赋近400字，多哀愁郁结之语，在宫怨诗赋中，独树一帜。

左棻虽然力薄，但还是求请皇帝，为左思谋到了秘书郎一职。

左思结交日广，搜集的资料也多起来。

当时，才子陆机也在洛阳，他听说左思在筹写《三都赋》，不屑一顾。他讥诮左思粗鄙，说等左思写成后，他要用来盖酒瓮。

左思听到了流言，更加发愤，一字一句，一丝不苟。

前前后后，他一共用了十年时间，才将《三都赋》写成。

让他心凉的是，时人并不推崇，反应都很冷淡，无人细看。

左思暗想，自己地位低微，文章也被冷落，如果不找一个显赫的推荐人，此赋肯定会被埋没。

他左思右想后，便去拜见大学者张华，请张华阅读。

张华为人正直、和善，没有鄙视无名小卒，而是仔细阅读，细细体察。

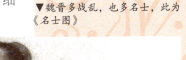

▼魏晋多战乱，也多名士，此为《名士图》

读毕，张华感慨万端，被深深打动，连赞好文。

张华告诉左思，自己还会让学者皇甫谧看，他和皇甫谧会一起推荐他。

皇甫谧也是清正之人，看过后，也甚为欣赏，提笔写下序言。他又请人为《三都赋》做了注。

这下子，《三都赋》终于传开，一夜间，风靡京都。人人传抄，啧啧称羡，纸的价值陡增几倍，"洛阳纸贵"由此而来。

▲《宫城图》中，京都壮丽宏大，祥云缭绕

嘲笑过左思的陆机，闻之大惊，连忙也去读赋。他一口气读完，不敢相信地说："绝好！"

陆机也在写《三都赋》，但自觉超不过左思，便焚烧手稿，就此辍笔。

左思写的《三都赋》，着眼于三国，包括魏都邺城、蜀都成都、吴都金陵，为京都大赋之绝唱。

文中，他写了地理、建筑、街道、商业、手工业、物产、风俗、人情、乐舞等，虽有夸张，但仍是写实的格调，自创一体，垂范千秋。

左思有了盛名后，为立住足，依附权贵贾谧。他妹妹虽被晋封为贵嫔，但依旧不得宠。

时日不久，宫中内乱，贾谧被杀。左思无所依附，便退出朝廷，一心研究典籍。随着动乱加剧，他又离开洛阳，搬到河北避祸，数年后病死。

他的妹妹左棻独留宫中，无处可躲，整日心惊肉跳，最后，也悄然死去。

扩展阅读

张华的作品多"侠骨柔肠"，有如其人。他编纂的《博物志》，是《山海经》后的又一部奇书，也是中国第一部博物学著作，填补了此类书的空白。政乱时，他拒不背叛朝廷，惨遭杀害。

◎ 离奇的死而复活

公元307年，干宝担任别驾，辅助刺史工作。

他的活儿，不多不少，不累不闲。他也干得不好不坏，不见出色，也不见失误。

他是西晋人，生逢乱世，每日在硝烟中穿行。他和百姓一样，都面临危险，忧心忡忡。

不久，西晋灭亡，东晋建立。局势仍未安定，反而更加混乱。干宝满腹愁闷，便举家迁到海宁，临江而居。

公元310年，干宝的父亲离世，一家人沉浸在悲伤中。

他父亲有个侍妾，年轻貌美，颇受宠爱。他母亲在冷落中心生嫉恨，当父亲下葬时，便要侍妾陪葬。

侍妾害怕，哭着不肯。干宝的母亲不依，死活拉扯住，硬是塞入棺中。

时隔许久，因有事开棺，墓葬被打开。有人发现，这个妾侍容貌如生，仿佛活着一般。过了一会儿，竟又渐渐有了气息。

于是，侍妾又被抬回家，予以照看。

一天后，侍妾苏醒，回忆起往事，说干宝的父亲常给她美食吃，恩情如昨。

她俨然有了神通般，动辄就能预测某事，结果都如

▼《出游图》中，各种鬼光怪陆离

她所言。

几年后，她并无病容，忽然又死了，再未复活。

此事给干宝留下难以磨灭的印象，他牢记在心，时时讲给人听。人皆笑他，认为他胡扯。

不想，干宝又经历了一件奇异之事：他的哥哥患病后，无药可治，俨然死去。但身体没有变凉。一日后，他的哥哥蓦地醒来，全然不知病情，以为自己做了个梦。

如此离奇神异，让干宝甚为惊异，他竟然连睡觉也不能忘却。

最终，他决定，写一本有鬼有神的异怪之书。

干宝博览群书，学识很渊博，但他为人低调，所以没有什么名气。父亲死后，家道日益衰落，一贫如洗，这让他无法专心写作。

公元317年，干宝迫于无奈，求人推荐出仕，以贴补家用。

他先是领修国史，接着又在山阴当县令，因为干得好，被升为太守，继而封侯。

公元323年，干宝入朝，辅助丞相。

三年后，他的母亲去世，他辞去官职，为母守孝。其间，集中精力创作。

当他再次回朝后，仕途顺利，没有波澜，俸禄不少，时间很多。他很如意，勤勉写书，最终完成了大作，名《搜神记》。

《搜神记》是志怪小说的鼻祖，内有

▲古人恐惧死亡，便创造出各种鬼怪，此《出游图》中，鬼正抬轿而行

▼《出游图》中，各种鬼光怪陆离

400多个故事，主角有鬼、有妖、有神，设想奇幻，浪漫无比，开了神话文学的先河。

书中，语言雅致清峻，曲尽幽情，为"直而能婉"的典范。

《搜神记》对后世的影响，不仅深远，而且广泛。

元朝时，关汉卿的《窦娥冤》，其脉络便取自《搜神记》中的《东海孝妇》。

唐朝时，白居易的《长恨歌》，其情节便取自《搜神记》中的《李少翁》。

著名的《聊斋志异》《三国演义》《水浒传》《西游记》《红楼梦》等书，也都从中各有汲取。

《搜神记》中的故事，还常被后世作品用为典故，这类作品数量不可胜计。

扩展阅读

北魏灭亡后，**都城洛阳化为废墟**。一年，杨衒之路过洛阳，见佛寺大半被毁，一片狼藉，不禁感慨，遂作《洛阳伽蓝记》（梵语中，伽蓝意为佛寺）。文极奇特，骈中有散。

◎就着菊花下酒

陶渊明的最爱，就是读书，开卷后，欣欣然，常忘记吃饭。

疲倦时，他就卧在窗下，看树影摇晃，听鸟鸣起伏，无尽欢喜。待凉风一来，他觉得，连神仙也不如他。

陶渊明家穷，为谋生路，他从20岁开始，便四处游荡，还出任过低级的小吏。他不知换了多少工作，领略了多少辛酸。

彭泽距他家乡不远，一年秋天，他在此当县令。还未过冬，郡里派出一位督邮，前来督察工作。

督邮有些权势，言行傲慢，一到官舍，便吩咐下去，

▲《陶渊明像》，人物神情清逸，意态高远

叫陶渊明来见。

陶渊明得报，起身去见。一人拦住他，说参见督邮要穿官服、束大带，不然，督邮会趁机作梗。

陶渊明本就厌恶权贵，听了这话，再也不堪忍受，叹道："我岂能为五斗米折腰！"

他干脆封好官印，写信一封，就此离职。

这个彭泽县令，他只当了80多天。

公元400年，陶渊明入都任职。5月，他有事回家，途中遇到风暴，遮天蔽日，昏黑一片。他赶路受阻，甚为焦急，作诗一首，表现了急于归家的心情。

陶渊明特别眷恋家乡，一草一木、一虫一鸟，都很惦念。

当他40岁时，他的心情尤为矛盾。一方面，他向往田园，爱恋闲静；一方面，他又有"猛志"，想一展宏图。

他想，人生40岁，默默无闻，实为可怕，不过，也可怕不到哪去，时间还来得及。这样一想，他便继续出仕。

就这样，他飘荡于仕与耕之间，长达十余年。最终，还是选择了后者。

陶渊明归隐后，每日相伴山野小村，茅屋篱笆，棘草山菊，怡然自乐。

他嗜好饮酒，时常自己酿造。一日，正值酒熟，有人来访，见他顺手取下头上葛巾，漉滤浊酒，滤后，仍将葛巾罩在头上。

陶渊明的心中，无高低贵贱之分，无论何人到访，都以酒相待。他若先喝多，便告诉来者："我已醉，欲睡，你可回去了。"

其朴实归真，有如方外仙人。

陶渊明与颜延之有交情。颜延之出仕的地方，距陶渊明家不远，颜延之便每天都去他家拜访。

颜延之是文学家，他写的"旦刷幽燕，昼秣荆越"，描写骏马奔驰之速，对后世咏马诗产生很大影响。他也嗜酒，每一次，都喝过头。原本性情偏激，酒醉后，更是肆意直言，毫无隐蔽，世人皆笑他"彪"。但陶渊明不在乎，二人痛饮，甚为愉悦。

颜延之离任，临别，给陶渊明留下二万钱。

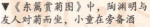

▼《东篱赏菊图》中，陶渊明与友人对菊而坐，小童在旁备酒

▼《醉菊图》中，陶渊明醉后，手持菊花，眼神迷离

陶渊明收下后，把钱一股脑儿存放到酒铺，以便日后沽酒时方便。

田园生活静美无比，但也格外贫穷。有一年重阳节，陶渊明自酿的酒喝光了，酒铺的存钱也已告罄。他无酒可喝，觉得无滋无味。

他来到篱院东角，采摘菊花，之后，就坐在清风中，静静远望。

一会儿，他忽然看到，山路上，走来一个穿白衣的人。

原来，是江州刺史王弘，前来给他送酒。

二人篱旁坐下，在清远的菊香中，欣然对酌，酩酊大醉。

事后，陶渊明写诗一首："结庐在人境，而无车马喧。问君何能尔？心远地自偏。采菊东篱下，悠然见南山……"

这是一首饮酒诗——陶渊明是第一个大量写饮酒诗的人。

▼《归去来兮图》中，陶渊明放舟归隐

▲《桃源仙境图》明朝画家根据陶渊明散文《桃花源记》所绘

▲《陶渊明爱菊图》中，陶渊明与童子在伺弄菊花

这也是一首田园诗——陶渊明为田园诗的开创者。

他的田园诗，悠远，宁静，有情致，有趣味，洋溢着轻松的喜悦，为诗坛打开了新天地。

他的诗，没有艳词，多用白描。仿佛是绚烂到至极，他的平淡却不是平庸的平，更不是淡而无味的淡，而是一种水过无痕的韵味。

更重要的是，在这平淡里，有着深刻的哲理。

他顺应自然，把万物、人、道融为一体，使诗歌的哲理化，得到了真正的实现。

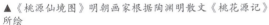

🌿 扩展阅读 🌿

颜之推是南北朝人，任意纵情，不修边幅，又博览群书，情辞并茂。因战乱，他苦楚寂寥，临终，留下《颜氏家训》，堪称系统的家庭教育教科书，被尊为"家教规范"。

◎穿着木屐去看山

钱塘有个道观，寄养了一个男童，15岁时才回到金陵家中。他小名客儿，大名谢灵运。

谢灵运的家，宅邸深阔，富丽堂皇。他之所以被送出寄养，是因为身体虚弱，想以道家清气养之。

三年后，谢灵运袭封康乐公，身份显贵。

20岁时，他已身兼数职。不过，寄养的经历让他性情淡泊，更重自然。他最喜欢的事，就是游山玩水。

为了闲逛，他还专门制出一种木屐。木屐的鞋底分为两部分，都能拆卸。上山时，他会拆掉前齿，下山时，他会拆掉后齿，利于行走。

谢灵运写得一手好文章，常邀人同游、同吟，在山中成群结队地玩乐。

▶《春游晚归图》中，人物游玩归来，天晚叫门

公元420年，晋朝灭亡，朝廷新立。物是人非，人皆不安，但谢灵运似乎并不觉得。他自恃门第高贵，才华横溢，恃才傲物，显得很惹人厌。

权贵们看不惯，都嫌弃他，在皇帝跟前说他坏话。结果，他的爵位由公降为侯。之后，又被排挤出京，去地方当太守。

谢灵运愤愤不平，不理政事，唯登山吟咏，一年后，即归乡隐居。

在家乡，他建有园林别墅，傍山带江，清幽之至。他置身其间，烦闷消减大半，不禁欣欣然。

幽居时，他更为放纵，并创作了许多山水诗。

诗中，他融入自己的感情、道家的精神，使诗清新而新奇。

与陶渊明的诗不同，陶渊明写山水时是静的，他写山水时是动的。

◀《出游图》中，人物携带许多物品入山访胜

他以远近、大小、疏密、浓淡、虚实，表现不同位置的景物，仿佛在移步换景。读来既有层次感，也有透视感。

在诗史上，这是一件大事，是质的飞跃。

如果没有他的开创，山水诗不会蔚为大观，唐朝的山水诗派，也不会迅速成熟。他堪称不折不扣的山水诗鼻祖。

谢灵运隐居三年后，接到圣旨，要他回朝。

原来，皇帝见他名气大，又出身世家大族，想笼络他，以巩固自己的统治。

▲魏晋文人酷爱山水，此为《停琴观泉图》

谢灵运起初不知，等到入职后，才看出皇帝只是表面上对他尊重，实际并不重用。

他心里不平，又来了脾气，总是自称有病，不去上朝。每天，他都到深山去探幽，有时候，竟然领着几百个随从。夜里，他还常常在山中举行酒宴。

皇帝不是不知，只是不愿搭理他，对他越发冷淡。

谢灵运索性请病假，第二次回乡隐居。

公元431年，皇帝不再生气，再次召他出仕。他也不再气恼，当即接受。

然而，他依然荒废政事，只一味遨游山水。

由于他行事另类，好出风头，招致人怨。有人诬陷他作反诗。他不认，气得半死。

事情闹到皇帝那里，皇帝爱惜他的才华，不想追究。可是，其他大臣不干，认为死罪可免，但要流放。

皇帝只好同意，令人押谢灵运赴广州。

谢灵运惊慌起来，暗中密谋，让人带兵来劫持，把他救走。

结果，密谋泄漏，被皇帝得知。皇帝一听，竟然还要兴兵来救，顿觉有威胁感，怒下圣旨，以谋逆罪判处谢灵运死刑！

公元433年，谢灵运被杀。

谢灵运有一绺美须，行刑前，他把胡须捐出，送到南海的祇洹寺，装饰菩萨像。唐朝时，安乐公主为了斗草玩，把胡须剪下一半。她又担心另一半落入玩伴之手，索性把剩下的也都剪下，胡乱扔掉了。

扩展阅读

谢朓爱写山水，谢灵运被称"大谢"，他被称"小谢"。其诗，平仄协调，对偶工整，开唐朝律绝之先河。他为人端正，当有人篡夺皇位时，他拒绝参加，因此年仅36岁便遇害身亡。

◎凄风苦雨里的贡献

在京口（今江苏镇江），有一对兄妹，伴随孤母，艰辛度日。

这对兄妹，名鲍照、鲍令晖。鲍照每日砍柴，鲍令晖每日捆柴，勉强维持一家生活。

如此"孤贱"，他们却并未放弃士族传统——读书。二人相伴学习，互相勉力，彼此交流，长进飞快。

兄妹朝夕不离，相依为命，比别人家手足更要亲爱。

一日，鲍照离家，外出谋生。鲍令晖忍不住流泪，送出很远。

鲍照也很伤心，走到半路，写下诗歌《代东门行》。诗中有这样的句子："野风吹草木，行子心肠断。"

走到半路，他还在想念妹妹，便写下书信，向妹妹细述见闻，并告知，"勿为我念"。

▼魏晋文人酷爱山水，此为《停琴观泉图》

鲍令晖接信后，立刻赋诗一首，向兄长诉说，自兄长离家后，自己再难开心，每日与流萤、紫兰为伴，时刻望着道路，盼兄归来。

其情深，令人动容。

公元439年，鲍照26岁，还在苦难中挣扎。他想，莫不如去见临川王，谋个差事。

鲍照毛遂自荐，请求当个侍郎。这是一个小职，但临川王没有在意。

鲍照不死心，还想再试一次。他写了一首诗，打算献诗言志。

有人劝阻他，说侍郎之位卑微，怎么能用这等小事去扰王？

鲍照大怒，愤慨地说，历史上被埋没的英才异士，有多少？数都数不清！身为大丈夫，怎能空有才智，而不去发挥，难道要天大碌碌无为，和小燕雀相随？

此事传到临川王耳中，引起注意，便召入了鲍照。

鲍照得到了赏识，心中舒坦。然而，五年后，临川王病逝，他也失业了，只好另寻活计。

就在鲍照离家时，其妹鲍令晖重病，不久竟离世而去。

消息传来，鲍照十分震惊，泪如雨下。

他也在病中，当下，情绪悲观，想一死了之。

鲍照回顾平生"孤苦风雨"，只有妹妹不离左右，患难相随，现在，一朝永诀人世，再也不能一见，这让他肝肠寸断。

▲把征妇纳入边塞诗，是鲍照的贡献，此图中，女子远望思念，忧郁气息扑面而来

鲍照过于悲痛，以致无法工作，上司让他休息一个月。可是，他一想到妹妹的死，母亲的孤苦，就难以自持，便又请假百天。

回家后，他睹物念旧，更为沉重。他在妹妹墓前凝视不动，凄怆伤心，悲不自胜。

凄冷的秋风中，他写下了《伤逝赋》，感人肺腑，催人泪下。

此后，鲍照不甘沉沦，继续出仕。他先后当过博士、中书舍人、参军等，职位多不高。他心中愤慨、煎熬，写下很多七言歌行，控诉人才被压抑、摧残。

在鲍照之前，诗赋中虽有七言，但没有定型。而鲍照却对此做出改革，创制了七言歌行体。

南北朝时，战争迭起，烽烟滚滚。鲍照常出没于战场、边塞，又写了大量边塞诗。

在历史上，集中抒发报国之志，表现边塞风情、激战的人，鲍照是第一个。

他为边塞诗的开拓，作出了贡献。

他的另一大开创，就是把征人思妇之苦，纳入边塞诗中。

公元466年，鲍照又遭遇了一场混战。他未能躲过，就此殒命。

扩展阅读

郦道元是北朝地理学家，著有《水经注》。此地理著作，也是山水散文集，为中国游记文学之祖。郦道元忠清严猛，遭皇族嫉恨，后被陷害杀死。其弟其子，皆被杀。

◎ 漫画的影子

南朝时，宋武帝有个堂侄，叫刘义庆。

刘义庆出身皇族，穿绫罗，进玉食，一身锦绣，一世荣华。他还是幼童时，就被教授如何持笔，如何写字。

他很老实，不好炫耀，也不一味追求奢靡，闲暇时，总是跑到藏书楼，看得津津有味，乐不思蜀。

渐渐地，刘义庆脱颖而出，与同龄孩子在一起，显得风姿出众。

刘义庆的一个叔叔，被封临川王，膝下荒凉，没有儿子，每次见到刘义庆，都特别喜欢，不舍得分离。

刘义庆的父亲却不然，这位父亲偏疼幼子，对刘义庆很不重视，于是，便把刘义庆过继给了临川王。

刘义庆以叔为父后，受到了更为贴心的爱护。等他15岁时，他已承袭叔父的王位。

他年纪小，但有思想，有见识，上任后，政绩颇佳，令人震惊。

没几年，刘义庆被召入宫，担任秘书监，掌管皇家图书。他分外兴奋，饱读朝夕，时常遗憾不能读遍全天下之书。

有了叔父的支持，刘义庆仕途如意，年纪轻轻就升到了尚书左仆射。这个职位，相当于副宰相，地位很高。

◀魏晋南北朝时，文士百态，图中插花之人，便显出彼时风度

就在这一时期，他的伯父即宋武帝性情大变，极为烦躁暴烈，时常杀戮宗亲、大臣。由于气氛十分恐怖，宗室之间互相猜疑，导致更多的残杀出现。

刘义庆每日上朝，胆战心惊，紧张不已，即便读书时，也心神不宁。

他日夜恐惧，身心极为憔悴。一日，他想，祸事连连，说不定哪天就会牵连到自己，与其如此，不如离开这里。

主意已定，刘义庆入见皇帝，说自己渴望清风明月，希望离开都城，到江南去。

他的伯父一听，连忙劝阻，没有批准。

刘义庆去意已决，再三恳求。皇帝最终应允了。

29岁的刘义庆离开了高位，调任到扬州。

扬州的确清幽，山水又美。刘义庆颇为欣喜，心情逐渐平复。他每日除了办理公务，就是四处游逛，很是惬意。

因他秉性简素，没有什么欲望，总爱钻研文义，所以，

▶古代重视幼年学书，此为《丹桂五芳图》，幼童正试着持笔

◀《静听松风图》，高士席地而坐，旷逸绝尘

他还经常招聚文士，一起饮酒畅谈，日子过得清雅、飘逸。

人在扬州，刘义庆听到许多当地故事、传说。他觉得很有意思，妙趣横生。

一天，他在街上闲走，听到路边小贩讲述道："殷浩曾是建武将军、扬州刺史，后来，被废为平民。殷浩落魄后，从来不说一句抱怨的话，每天只用手指在空中写写画画。大家不知道他写的是什么，便顺着笔画仔细观察，最后，看出四个字——'咄咄怪事'！原来，殷浩是借用这种方法来抒发心中的愤懑！"

刘义庆听了，深为感叹。他觉得这些故事都不平常，都有深意，值得回味。

他突然想到，何不把这些故事记录下来，让更多的人知道？

刘义庆激动起来，立刻回家，召集那些文士，把想法告诉他们，众人也都赞成。

自此，他们开始搜集更多的故事，进行编撰，书名为《世说新语》。

至于在空中写字的那个故事，也被收录进去。现代人熟悉的成语"咄咄怪事"，就是来源于此。

《世说新语》是历史上第一部笔记小说集，反映了士大夫的清谈放诞之风，也叫清谈小说、志人小说。

笔记小说的特点，就是随手而记。因此，书中的1000多个故事，每一个都长短不一，有的长达几千字，有的三言两语即交代完毕。

在文学史上，《世说新语》占有重要地位，算得上一部名士的教科书。

它的艺术特色，别有光辉。

例如，在《忿狷》中，写王述吃鸡蛋："以箸刺之，不得，便大怒，举以掷地。鸡子于地圆转未止，仍下地以屐齿蹍之，又不得。瞋甚，复于地取内口中，啮破即吐之。"

此段写得绘声绘色，已经开始有了漫画的影子。

可惜的是，刘义庆主持编写的《世说新语》刚刚完成，他就患了病。

他被家人送回京城疗疾，却无药能医，41岁时便英年早逝。

📖 扩展阅读 📖

沈约从小孤贫流离，但笃志好学。他作了许多离别哀怨诗，被评为"长于清怨"。暮年，他身体消瘦，有人用"沈腰"指称他。后世形容细腰男子时，也多用他打比方。

◎ 美的风骨

在山东莒县，刘勰忧愁地看着一堆书，眼泪止不住地流淌。

他尚年少，父母却双双故去，只留下这一堆书。

这是家里唯一的"财产"，刘勰把悲伤埋在心里，把书整理好，然后上山砍柴，以此度日。

他力气不足，干活有限，卖柴收入也很微薄，连喝粥都很困难。但他从不抱怨，也不颓废，仍旧坚持着。

日复一日，他几乎一声不吭地过着单调的日子，白天砍柴，夜里读书。

由于夜读需灯，他又无钱买灯油，便跑上十多里路，到金华寺去读。

金华寺主持为僧祐，学问广博，禅房中有不少藏书。一日清晨，他得到禀报，说昨夜大殿里有动静，可能有贼。

僧祐半信半疑，决定亲自察看。

夜幕降临后，僧祐暗坐大殿等候。初更过后，四周静寂，并无人声。

僧祐以为是僧人自扰，起身离去。

没走几步，僧祐猛地看到，墙头上翻过一个人影，矮小瘦弱，瞬间便溜进大殿。

僧祐仔细一瞧，是个少年。他慢慢走过去，询问道："何故夜入寺院？"

少年吓了一跳，结结巴巴地解释，自己是来借佛灯之光读书的。

刘勰从怀里摸出书，给僧祐看。

僧祐得知了刘勰的遭遇，觉得刘勰年纪虽小，志气却大，颇为赞赏，便让

▼《文士图》 人物持卷而读后，陷入深思

刘勰跟着自己就读。

刘勰欢喜不尽，眼泪就快流出来，当即拜师。

有了僧祐的指导，刘勰的学问大有长进。他对佛教的兴趣，也愈发浓厚。

刘勰成年后，因为太穷，难以娶妻。他索性不婚，到定林寺居住。

在长达十多年的时间里，他与僧人朝夕相处，经文都烂熟于心。

他把经文分门别类地进行了整理，并抄录下来，写下序言。现今，定林寺中的经文，都是刘勰编订的。

▼古人的文学审美，来自万物，此《观杏图》中，人物正伫望杏花，捕捉美意

刘勰有了名气后，走上出仕之路。起先，他担任奉朝请，后任县令，都是小官，但他很认真，一丝不苟，两袖清风，做得很好。

在江浙当县令时，刘勰不再为吃饭发愁，便一意读书。他遍阅群书，发现有的写得好，有的写得不足。每次有所发现，他都要仔细揣摩、评价。

最终，他写出了一本专著，对各种文体、作家、作品逐一评述。

这便是文学理论专著——《文心雕龙》。

在这本书中，刘勰提出，作文要有"风骨"，阳刚之美很重要，不要一味追求浮艳柔靡的文风，从而丧失了另一种美，这对文学而言是一种损失。

这种"风骨"观，对后世的

影响，是巨大的。

《文心雕龙》表现出唯物主义文学观，为文学批评，打开了一扇大门。

在写《文心雕龙》时，刘勰32岁，写完后，已37岁，历时五年。

多年的孤苦生活，以及对佛教的耳濡目染，已经让刘勰不再留恋红尘，对世俗人生，他淡然如水。

他向皇帝提出请求出家为僧，得到允准后，他正式出家，法名慧地。

◎ 树树皆秋色

大概是看的书多，庾信反应极快，聪敏到了无人能及的地步。

他长得也很"过人"，身材极高，腰围粗壮，面容朗俊，非常惹眼。

他的父亲在南北朝时期的梁朝任职，地位显赫，他也在太子东宫任职，与父亲一同出入禁内，风光无限。

庾信才学盖世，堪称南北朝文学的集大成者。他写的文章，颇为绮艳，每一篇都受到争抢，传诵不绝。

公元548年，一位将军谋反，攻向皇宫。庾信当时在金陵任职，当叛军杀来时，他紧急调兵抵御。

叛军势猛，庾信拦截不住，很快军队便七零八落，金陵随之沦陷。

▶萧纲熟悉宫廷女子，开创了"宫体诗"，图为后宫女子正在奉食

战场一片混乱，庾信悲怆不已，败退到江陵。

在江陵，庾信与皇帝汇合，暂且安顿下来。

为了有个依傍，朝廷打算与西魏结盟。庾信便担任使者，前去说服西魏。

庾信上路后，看到到处都是尸体和难民，心中不是滋味。好不容易赶到西魏都城，他还来不及相谈，突然得到一个消息，犹如晴天霹雳——梁灭亡了。

原来，就在他赶路时，西魏精兵发动突袭，杀死皇帝，把梁国灭了。

庾信简直不敢相信，震惊之余，痛苦万分。

稍微冷静后，他想离开西魏。岂料，西魏不允。

西魏久仰庾信盛名，倾慕于他，让他留下做官。庾信不肯，坚持要回故国。

西魏令人监视庾信，把他软禁起来，强迫他入职。

庾信争不过，最终留下。

西魏很器重庾信，不断地给他升迁，权势等同丞相。可是，庾信心不在焉，还是巴望着能回乡。

随着政权更迭，庾信看到，一些流寓之人都已先后归家。他很兴奋，心中燃起了希望。可是，到了最后，还是有两个人不准离开，其中一个就是他。

此后，庾信再也未能回归故土。他的后半生，在一种难以名状的复杂感情中度过。

一方面，他身份尊贵，被尊为文坛宗师，受皇帝礼遇，但他的亡国之思犹在，他为自己献力敌国而不安，为自己不能以死殉国而羞愧；另一方面，他也为自己被监视、不得自由而怨愤。

一直到死，他都未能开解，后半生都在苦闷纠结中度过。

这种遭际，让庾信的思想、创作，也有了深刻变化。他的诗文，不再流艳，而是沉重、苦郁。

▲《秋江待渡图》 人物在秋风中，盼望归途

在《望野》中，他写道："树树皆秋色，山山唯落晖。"

在《燕歌行》中，他写道："代北云气昼昏昏，千里飞蓬无复根。"

庾信的五言诗、七言诗，开了唐朝新体诗的先河。

他的骈文，也成就极高，垂范于后世。

他写的《哀江南赋》，是一篇独立成章的骈文，语言精丽，意绪苍凉，最为著名。

在赋中，他表示，当他兵败出逃时，有如陷入泥途炭火；当他出使西魏时，再也想不到，会有去无归。他在头发斑白之际，遭遇了灭国、流亡、羁旅，就是喝酒也不能忘忧，听曲也不能取乐。这样的天意人事，十足令他凄怆、伤心！

字里行间，都渗透着他深幽的感情。难怪后来杜甫评价他，说："庾信平生最萧瑟。"

扩展阅读

梁武帝诗赋过人，他的第三子萧纲，更有"诗癖"。萧纲优柔寡断，行事糊涂，但却开创了划时代的"宫体诗"（写美人与艳情的诗）。这种诗体，影响了不止一个时代。

第四章

隋唐壮美，五代艳情

隋朝立世仅30多年，匆匆而过，若白驹过隙，未及创新即过渡到唐朝。唐朝鼎盛，文学繁荣，有唐诗（永恒的成就），有词（诗和音乐结合的产物），有传奇（小说史上的里程碑），有变文（说唱文学的源头）……众体皆备，体体皆美。五代时，诗风衰微，艳情回归。

◎空字的"空"

王勃16岁那年，科考及第，任朝散郎。在所有命官中，他最年少。

他很开心，撰文颂之，词美义壮，惊动圣听。唐高宗好奇，仔细一瞧，竟不像小孩所作，惊叹不已，连呼"我大唐奇才"！

王勃激情四射，又在沛王府弄了个兼职，担任修撰。

沛王，是皇帝的第六子，喜欢斗鸡。一天，沛王与哥哥英王斗鸡，王勃给他助兴，写了一篇檄文，讨伐英王的鸡。

这本是个临时凑趣写成的小玩意儿，不料却传到皇帝耳朵中。唐高宗读后又怒又叹，认为王勃心术不正，见二王斗鸡，不加劝诫，反作檄文，扩大事态，实为歪才！

唐高宗变了脸色，下诏将王勃逐出京城。

王勃始料不及，深受打击。

在荒凉的川蜀，王勃寂寥度日。

但他并未死心，还怀着一丝复起的希望。

公元671年，秋冬时节，寒风呼啸，王勃前往长安，打算再次入考。

▲斗鸡为古代常见游戏，图为斗鸡图盘

半路上，他在虢州遇见一个朋友，推荐他当参军。他一想，虢州草药很多，而自己恰好识医懂药，便欣然接受。

在参军任上，却突然发生了一桩杀人案：一个叫曹达的人，犯了罪，王勃将他藏匿。后来，王勃怕走漏风声，又将曹达杀死。事发后，王勃被判死罪，遇到大赦，得免。

此事，让王勃九死一生，情绪落到低谷。

那么，他为什么要藏匿曹达呢？

原来，这是一次陷害。素日，王勃恃才傲物，被同僚嫉妒。同僚便设下计谋，以曹达之死，诬陷王勃。

王勃虽然保命，但仕途宣告终结。

最让他痛苦的是，此事连累了父亲，他父亲被贬到凄冷的蛮荒之地交趾（今越南境内）去当县令。

王勃深深内疚，强烈的羞愧让他终日自责，心情低落到了谷底。

▼重阳节登山作诗，为古代文人的赏心乐事，此为《重阳登高图》

王勃出狱后，在家闲住。经历过生死之事后，他仿佛脱胎换骨，看破红尘。一年后，当朝廷再召他时，他断然拒绝。

公元675年，王勃惦念父亲，准备前往交趾探望。

秋天，王勃出发，沿着运河南下。8月，到达淮阴。9月，到达洪州。这时，他接到邀请，是阎伯屿发来的。

阎伯屿，时任南昌都督。他重修了滕王阁，准备在重阳节这天，邀请文士，题诗作序。

王勃应邀而至。席间，他挥笔写下《滕王阁序》，并附序诗："闲云潭影日悠悠，物换星移几度秋。阁中帝子今何在？槛外长江（ ）自流。"

最末一句，王勃故意空出一字。他把诗文呈上，然后告辞而去。

众人发现缺了一字后，纷纷猜测。有人说，应为"水"字。有人说，应为"独"字。

阎伯屿觉得都不对路，便命人快马

去追王勃，请他补字。

王勃告诉来人，一字千金。

追赶的人回去后，告诉阎伯舆。阎伯舆不快，觉得王勃是在敲诈。

但他又被那空字搅得心神不宁，又想得个礼贤下士的名声，便备好银钱，亲率众人，去见王勃。

王勃淡然而笑，说并未空字。

众人惊讶，目瞪口呆。

王勃说："空者，空也，不正是'槛外长江空自流'么？"众人恍然大悟，齐声称赞。

▼《观潮图》中，江水与山体相连，水天一色

▼《落霞孤鹜图》，根据王勃诗句所绘

离开洪州后，王勃继续南下。第二年暮春时，王勃抵达交趾。

他父亲生活困窘，沧桑憔悴，消瘦苍老。他不忍细看，心如刀绞。

夏天的时候，王勃告别父亲，踏上归途。

这正是南海天气恶劣的时候，风暴席卷海面，巨浪滔天。王勃不幸被掀下船，意外溺死。

王勃死后数月，初冬时，他的那首《滕王阁序》传到长安。

唐高宗正巧也看到了。当他读到"落霞与孤鹜齐飞，秋水共长天一色"这句时，不禁惊道："千古绝唱！"

读完序，他又读了附诗，感慨地说，写了长文，又写附诗，就像强弩之末，还能有所为，真是罕世之才。

俄顷，他又叹道："当年，因斗鸡之事逐斥他，实在不应该。"

唐高宗下令，召王勃入朝。

太监在一旁答道："已落水而亡。"

唐高宗喟然长叹，半晌无语。

王勃含恨早亡，他的《滕王阁序》则名传千古。

王勃一向主张，写诗文，勿绮靡，要刚健，立言见志，经世教化，方可有所成就。

他的这种思想，是对文学客观规律的尊重，也是唐朝诗文改革的先声。正是因此，《滕王阁序》才得以呈现出雄壮之美，气凌霄汉，字挟风雷。

扩展阅读

隋炀帝杨广好文，养了很多写词的人。他自写的诗词，或铿锵，或有意境，如"寒鸦飞数点，流水绕孤村；斜阳欲落处，一望暗销魂"。宋朝时，秦观将其改为小令。

◎ 把山河激活

王之涣的家，为名门望族，只是，到他这代业已落魄。

尽管如此，家风浩荡，还是让他颇有豪情。他还是少年时，诗文就写得分外豪迈。

他的内心，也满是云天之志、豪侠义气。他终日放荡，不拘不羁，击剑悲歌，常被自己感动。

近中年时，他忽然觉得，豪侠之举太过空落，不如虚心学习。于是，他一改旧习，专研典籍，诗名大振。

他写的诗，依旧大气、磅礴、开阔。他最喜欢边塞诗，也最会遣字。比如，他的一句——"黄河远上白云间"，仅七字，就把壮丽山河激活了。

王之涣常与王昌龄、高适唱和。一日，天寒微雪，三人相聚小饮。

▲ 壮丽河山是诗人永恒的吟咏，此为《荡舟出游图》

正在赏雪，忽见一群人聚餐，皆为梨园伶官。有四女，极艳冶，欲唱曲。

三人偎着炉火，悄声说，四女必唱他们的诗，可计数，看谁的诗多。

话音刚落，一女已唱，开口便是——"寒雨连江夜入吴"，是王昌龄的诗。

接着，又一女伶唱道——"开箧泪沾衣，见君前日书"，是高适的。

第三个女伶唱的是——"奉帚平明金殿开"，还是王昌龄的。

王之涣不急不慌,说道:"这三个女伶,都太俗,最后这个高雅,肯定唱我的诗;若不是,我一生以你们为师,再也不争。"

须臾,第四个女伶发声道——"黄河远上白云间……"

顿时,三人大笑起来。

诸伶受惊、纳闷,以为是起哄,都气愤地站起来,向三人质问。

三人说明了身份,伶人皆悦,双方合为一席,足足饮了一整日。

王之涣才高名大,但不知何故,却未去科考,只在衡水当主簿。

王之涣重孝义,为人慷慨有大略,且长得风流倜傥,县令之女李氏颇向往,想要嫁给他。

王之涣职位低微,有妻室、孩子,年龄也已35岁,而李氏只有18岁。但李氏甘愿做妾,无怨无悔。

◀古代,文人常举行集会,此为《雅集图》

二人遂成婚，颇为恩爱。

王之涣为人不拘小节，衡水的一些官吏看不顺眼，便暗中使坏，总是打压他。

王之涣愤然辞官而去，此后他闲居在家15年，游青山，观黄河，展高风。

李氏相依相随，日子清寒，她安贫乐道，无一句怨言。

王之涣的亲朋觉得，他若无才华，便罢了，既然有才有能，理应出仕，既造福他人，也造福自己，于是，再三劝他。

王之涣也觉得有理，何况自己已经闲荡15年，已足以怡情。

王之涣便前往文安郡，去当县尉。虽为小职，极不起眼，但因他爱民、清白、公平，颇受称道，名声很响。

王之涣的家里，也有了转机。谁知，就在这个当口，他却染上沉疴，一病不起，死于官舍。

李氏简直不敢相信，六年后，她也离开了人世。因她身为妾室，未能与王之涣合葬。

扩展阅读

杨炯瞧不起无能大臣，把他们比成披着麒麟皮的驴。但他为官时，却很严酷，总是把人杖杀。他爱写边塞诗，如"冻水寒伤马，悲风愁杀人。寸心明白日，千里暗黄尘。"

◎ 只有他一个"幽人"

襄阳城中，有个隐居的年轻人——孟浩然。

他的隐居，非常浪漫，完全出于一个理想——与古人默契。也就是说，他是为隐居而隐居。

孟浩然家有薄产，使他能长日读书，而无后虑。他终日流连在鹿门山，独自捧卷，喃喃自语，与日月相伴。

25岁之后，他才出山，辞别亲人，远行漫游。他来到长江流域，结交朋友，以求进身之机。

公元724年，他听说，唐玄宗在洛阳，便赶往洛阳。然而，在三年中，他求仕无路，依旧一身布衣。

转眼间，孟浩然已经40岁。他吓了一跳，惊觉时光如梭。

他前往长安，去考进士。在太学时，他赋写诗句，倾服众人，谁也不敢和他比，都纷纷搁笔。可是，他的才学如此之高，却意外地考试落第。

▲唐玄宗好文，对文学发展起到一定推动作用。图为唐玄宗像

孟浩然惆怅、焦虑，坐卧不宁。他想回家，但年岁已大，尚无一官半职，又觉有失脸面。

他内心矛盾，去见朋友张说。张说很高兴，邀他入内署，对坐相谈。

刚坐定，忽然，唐玄宗驾临。

孟浩然大惊，赶紧藏避到床榻下。张说却不敢隐瞒，据实告诉皇帝说孟浩然在此。

唐玄宗命其出见。

孟浩然钻出来，并临时决定：毛遂自荐。

他吟诵了一首诗，自表心声。但诗中有一句"不才明主弃"，让唐玄宗生了气。唐玄宗说道："你自己不求进，我何曾弃你！这不是诬陷我么？"

唐玄宗起身离去，令孟浩然回襄阳老家。

孟浩然从小隐居，出山后，也一直在归隐与出仕间徘徊。现在，他受到误解，对仕途再无留恋，即刻返回襄阳，入住鹿门山，过起了隐迹山水的生活。

▼《空山长啸图》中，一人孑然而立，纵情山水

归隐后，孟浩然的诗，摆脱了束缚，自由自在。

一日，他外出饮酒，夜归后，写下一诗，名《夜归鹿门歌》："鹿门月照开烟树，忽到庞公栖隐处。岩扉松径长寂寥，惟有幽人自来去。"

幽月、烟树、山径，天地寂寥，只有他这一个"幽人"自来自去。此等境界，何其不凡！

孟浩然最爱写的，还是五言，又短小，又有意味。如，"夜来风雨声，花落知多少"；又如，"绿树村边合，青山郭外斜"。

在不知不觉中，他开创了唐朝的山水诗，成为先驱。

诗中，他更重个人怀抱，更重自我。这种创造，为文坛吹起一股新风。

他的诗，散发清香。杜甫赞他"句句都足以传承千古！"

孟浩然名声鹊起后，打动了韩朝宗。韩朝宗为襄州刺史，打算推荐他，便邀他赴宴，席间详谈。

孟浩然心有所动，但又犹豫。他纠结不堪，越发滥饮，结果，在赴宴当日

▼饮酒是文人寄情的方式之一，此为《醉饮图》

他烂醉如泥，错过了约定。

韩朝宗气得要命，再也不理他。

公元740年，孟浩然背上生一毒疮，延医而治后逐渐好转。

一日，王昌龄路经襄阳，前来相会。孟浩然甚乐，大吃大喝，大歌大吟。

由于吃了海鲜，孟浩然的痈疽复发，再也无药可治，遽然而逝。

孟浩然死后，子孙不继，他的坟墓无人照管，墓碑尽毁，衰草枯木，一片残败荒芜。

文学家符载见后，颇觉凄惨。但他自己也穷困潦倒，无能为力。

他不忍弃之，写信给节度使樊泽，说隐士孟浩然，文才杰出，孤坟湮没田野中，行者皆叹，见之心酸。

樊泽接信后，也很感慨，便为孟浩然修了墓，刻了碑。

▲《山居图》中，隐者独行丛林，显得格外深幽

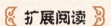
扩展阅读

卢照邻有"风疾"，双脚麻痹、萎缩，一只手也残疾。他很痛苦，投水自杀。他的诗歌骈文中，有经典之句，"得成比目何辞死，愿作鸳鸯不羡仙"，今日仍被歌唱。

◎贬到外国去

　　王昌龄家境不好，所以他衣食住行都很俭朴。这也让他言行随意，不拘小节，做事不够谨慎。

　　不过，他学习好，每日朗朗而读，令其母眉开眼笑。

　　王昌龄中进士后，到汜水当县尉。他很实干，弄出了名堂，被升为江宁丞。

　　公元740年，王昌龄去江宁。经过襄阳时，他去见了孟浩然，之后，又结识了李白。

　　与一流诗人相见，王昌龄大悦，但时遇却并不好。当时，孟浩然患病，李白被谪，情绪多少都有些低落。

　　至于他自己，也因不能入朝，壮志难酬，而惆怅悲愁。

　　冬天的时候，王昌龄又见了岑参。

　　岑参见他有愁绪，总是沉默，便赠诗一首，极力劝慰他，说此一去，桃花盛开，定要写新诗，千万保持住心情，慢慢等待时机，还要爱惜身体，努力添餐加饭。

　　王昌龄看了，非常感动，顿觉温暖。

　　在江宁，王昌龄也做得不错。尤其是，诗名渐盛，引来一片赞誉。

▶《琉璃堂人物图》 王昌龄的诗友（可能是李白）倚树沉思

▶《琉璃堂人物图》 王昌龄在任所的琉璃堂，与诗友聚会

朝廷闻之，召他回京，入秘书省，当校书郎。他很高兴，精神振奋。

可是由于他旧习不改，口无遮拦，行止随意，不知不觉就得罪了人，入朝不久，就被贬职。

在此之后，他又经历了一连串的贬谪，有时贬在中原，有时贬到东南，有时贬到西北，有时贬到岭南，有时贬到湘西，有时贬到边境。甚至有一次，他被贬到碎叶！碎叶位于今天的吉尔吉斯斯坦境内，他被贬出了国！

如此频繁的贬谪，磨炼了王昌龄的心性，也磨练了他的诗作。

他写了一首《出塞》诗："秦时明月汉时关，万里长征人未还。但使龙城飞将在，不教胡马度阴山。"

此诗一出，登时风靡，被誉为唐朝七绝的压卷之作，他也被尊为"七绝圣手"。

他的宫怨诗，也成就斐然。其深婉、思清，影响深远。

随着名声越大，王昌龄越不重小节，更是频繁遭斥。最终，他被贬到湖南，在龙标当县尉。

安史之乱爆发后，王昌龄惦记家中苍老的父母，告假返回家乡。

他没能按时返回，让他的上司闾丘晓很生气。闾丘晓

◀《琉璃堂人物图》 王昌龄的诗友（有一人可能是高适），在读看诗卷

◀《琉璃堂人物图》 王昌龄的诗友（可能是岑参），正在持笔思索诗句

▲唐朝诗人尤喜桃花，每见花开，必要赋诗，此为桃花芳菲的《山水图》

身为刺史，心胸却很狭窄，敏感多疑。他一向嫉妒王昌龄，决计借机杀之。

闾丘晓想，眼下，战乱如火如荼，到处都在打仗，在此时下手，没人顾得上，只能白死。

杀机一起，他不再多想，以不尊法令为由，当真把王昌龄杀死了。

王昌龄迟归有错，但错不至死。死讯传出，人皆愤慨。闾丘晓始料不及，未免不安。

不过，由于朝廷正全力平叛，的确无暇搭理，此事遂了。

闾丘晓放松下来，压根不知余波仍在。

时隔不久，叛军势猛，宋州被困。河南节度使张镐，前去援救。

军情万分紧急，张镐率领军队，抄近道飞驰。同时，他又传令闾丘晓，让他带兵，先去支援。

然而，闾丘晓接信后，却很犹豫。他担心打败仗，不敢发兵。

张镐日夜疾驰奔到宋州，放眼一望，却气得说不出话来——宋州已沦陷，闾丘晓踪影不见。

张镐怒不可遏，命人捉拿闾丘晓，在三军面前杖杀。

闾丘晓吓得浑身颤抖，讨饶说："家中有双亲，自己一死就没人养了。"

张镐气愤地吼道："王昌龄的双亲，谁来养？"

闾丘晓大惭，沮丧无言，在恐惧中就刑。王昌龄之冤屈，终得伸张。

扩展阅读

张若虚在史书上几乎无记载，他写《春江花月夜》后，没人看，至宋朝时，有人无意中将其收入乐府。到清朝时，才有人注意到此诗，惊讶地称他"孤篇横绝，竟为大家"！

◎ 静里有禅

王维与王缙，兄弟相与，情义深笃。王维更为出色，会写诗，能绘画，懂乐律。

15岁时，王维去京城应试。由于他多才，一入京，便成为王公贵族的新宠。

有一天，王维参加一场酒宴。席间，有人展示一张乐谱，说偶然得到，不知何曲。

众人传看，皆不知。王维一见，便说是《霓裳羽衣曲》中的一段。

众人惊讶，忙请乐师来。乐师当场演奏，正如王维所说。

此年，王维还是少年，有如此造诣，极为罕见。

王维21岁时，中进士，顺利出仕。

他心静，一有空余时间，便去看山看水。在城外的辋川，他还建了一所别墅，名为辋川别墅。此处宽阔，有一

▼王维所绘的《辋川别墅图》，豪华幽美

▼《策杖图》中，隐者茕然而行，静而生禅

个清湖，林间还有小溪。他常邀一二知己，于此消闲。

这种半官半隐的日子，让他很满足。他的一生，就这样宁静度过。直到暮年，安史之乱爆发，他被卷入了战乱。

公元755年，叛军攻向京城，混战中，皇帝逃往川蜀。王维的弟弟王缙，时任刑部侍郎，也跟随皇帝左右，仓促逃离。

王维被烽火阻住，没法逃走，慌乱中，竟被叛贼所捉。

叛军建立了一个朝廷，让王维为官。王维不肯。叛军大怒，强迫他上任。

▲《明皇幸蜀图》，还原了唐玄宗逃避川蜀的情景

王维内心不安，想到皇帝尚在逃亡，弟弟也不知如何，更加焦灼。为平息心情，他写下很多诗歌，充满对皇帝的思慕、对亲人的想念。

安史之乱平息后，皇帝回到京城，弟弟王缙也安然无恙。王维松了一口气。

然而，由于他为叛军当过官，却被抓捕起来，严加审讯。

王维表示，自己是被迫当官的。

审判他的大臣很生气，说许多人也都受到逼迫，但依旧拒绝；即便拒绝不得，也可以殉国，以死尽忠。

王维听罢，无言以对，不再吭声。

根据审判结果，王维犯有死罪，当斩。

王缙急忙去向皇帝哀求，说愿用自己的官职，来换取兄长一命。

皇帝心想，战乱时，王维曾写过思慕他的诗，而且其弟王缙一路伴驾，也饱尝辛苦。因此，他在思考后，赦免

▲《山水图》，画面静寂，颇合
王维诗意

了王维。

由于王维有声名，很快又被升至尚书右丞。

但王维内心却早已消沉，心灰意冷。他每日吃斋念佛，听林风，看清泉，写山水诗，并自称"一悟寂为乐，此生闲有余"。

王维的诗，仿佛信手拈来，自然，淡远，闲逸。

如："桃红复含宿雨，柳绿更带青烟。花落家僮未扫，莺啼山客犹眠。"

更为出奇的是，他的五言，诗中有禅，每读之，禅意都袅袅而起，扑面而来。

在《青溪》中，他写道："声喧乱石中，色静深松里。"

在《秋夜独坐》中，他写道："雨中山果落，灯下草虫鸣。"

他写得如此之静，静中又都有佛教意味，"却入禅宗"。这种禅意之诗，为诗坛树起了一面独特的旗帜。

⌘ 扩展阅读 ⌘

"十里黄云白日曛，北风吹雁雪纷纷。莫愁前路无知己，天下谁人不识君。"此诗为高适所作。高适少孤贫，粗放率真。他的边塞诗，苍茫而不凄凉，荒渺而不凄切，开一代诗风，有里程碑意义。

◎ 沙漠里的飞雪

岑参父亲早亡，他与兄长相依为命，吃穿困难，惨不堪言。

从兄长那里，岑参学了一些诗文，这成为他唯一的精神支柱。

20岁时，岑参离开家，献书求仕，但无人理他。他奔走在长安和洛阳之间，饱受凄冷，无尽辛酸。

他写了一篇文章，名《感旧赋》，叙述了家世的变迁和坎坷。他边写边流泪，写完已是满纸泪痕。

公元744年，岑参登进士第，当上参军，总算有了着落。

岑参的工作，是为安西节度使当助手，掌管书记。安西，是边塞重地。也就是说，岑参要奔赴西域。

边塞素为荒凉之处，但岑参心怀报国壮志，恨不能飞马即到，以展雄风。

让他遗憾的是，这次出塞，他毫无作为，怏怏而归。

回到长安后，岑参与李白、杜甫等人交游，诗作有了进步。

三年后，他又被派往西域，担任安西的判官。

这一次，他大志更猛，报国之心更切。为抒发感情，他写下很多诗歌。

有描写塞外飞雪的——"忽如一夜春风来，千树万树梨花开。"

有描写戈壁热岩的——"火云满天凝未开，飞鸟千里不敢来。"

有描写大战匈奴的——"轮台九月风夜吼，一川碎石大如斗，随风满地石乱走……将军金甲夜不脱，半夜军行戈相拨，风头如刀面如割……"

在岑参笔下，艰苦的军旅生活，悲壮诗意；激烈的战斗，惊心动魄。

他的诗，浪漫奔放，瑰丽雄奇。能像他这样表现军势国威的诗，此前从未有过。

更重要的是，他还友好地表现了西域的风土人情，没有歧视，没有贬低。

如，"凉州七里十万家，胡人半解弹琵琶"。

如，"花门将军善胡歌，叶河蕃王能汉语"。

无论是汉人，还是胡人，都喜爱他的诗。他每写一篇，都是"绝笔"，人人传抄。

诗如心声，岑参本人也受到西域人信任。

公元752年，一个上午，岑参处理军务，途经赤亭。边境士兵远远看见他，欢喜不尽，等他一到，忙请他赋诗。

岑参也不推脱，坐下就写。刚撂下笔，挤在跟前的一个小娃便念了出来。

▼大漠中的匈奴人，身手矫健，弓马娴熟

岑参见他如此聪慧，有些吃惊，忙问是谁家的孩子。

士兵告诉他，此娃为回鹘人，以放羊为生，有次大风，救下13个士兵，因此，边境特许他在这里放羊。

岑参又问小娃，是谁教他的汉语。小娃答，父亲。

小娃从怀里掏出一本破书，上为回鹘文。岑参看不懂，问是什么。

小娃答是《论语》。

岑参大为惊奇，写道："《论语》博大，回鹘远志。"然后，他把字送给小娃。

次日，有人来找岑参，是

小娃的父亲。

　　原来，此人本为中原文士，后因宫廷内乱，逃亡西域。他恳求岑参收下小娃，作为义子，教养成人。

　　岑参想，军中正缺翻译，倒可历练一下。

◀《雪山行旅图》 人物骑马而行，冻得用衣袖掩面

　　他收留了小娃，给小娃改名"岑鹘"，随军而行。

　　岑参认真教导岑鹘，数年后，又向朝廷举荐。岑鹘晚年，回到西域，建立了高昌王国。

　　岑参的后半生，却远不及岑鹘。

　　安史之乱爆发后，岑参离开西域，赶回长安，保护皇帝。他心急如焚，频频上书言事。皇帝心烦，索性把他降职，不到一个月，又把他贬出京。

　　此后，又几番起用，几番罢官。

　　岑参被调来调去，心气大减，再也写不出雄丽之诗。

　　在心绪纷乱中，岑参写下一篇悼文，自己悼念自己，此后不久便死于川蜀。

扩展阅读

　　契丹叛乱时，陈子昂随军出征。他想带兵当先锋，但将军鄙视书生，把他贬职。他悲愤而歌："前不见古人，后不见来者，念天地之悠悠，独怆然而涕下。"一时之作，竟成绝唱。

◎ 他，仗剑而来

李白是24岁离开乡土的。他仗剑而行，豪情盖天。

他过成都，过重庆，过扬州，过河南，过湖北，足迹重重，屐痕处处。他走一路，求职一路，却一无所得。

一转眼，六年过去，李白已至而立，依旧漂泊无踪。

情急时，他曾写书自白，自我推荐，但被冷漠拒绝。

他又求见丞相之子，求见大臣，都无回响。他的人生，仿佛死水一潭。

公元731年，李白游荡在长安，居无定所，穷困潦倒。

他有些自暴自弃，混迹到市井无赖中间，日夜狂饮，大呼小叫。

然而，他终究不是顽劣之徒，数月即倦。

李白黯然离京，前往河南，踽踽独行。他来到嵩山，似有归隐之意。暮秋时，他滞留此处，再三徘徊。

▲诗仙李白小像

转眼，他已33岁。他终于下定决心，不再流浪，去湖北，隐居桃花岩，开荒耕种，读书自适。

时间悄然而过，两年后，唐玄宗到此狩猎，又激起了李白的出仕之心。

李白扔下铁锄，拿过笔墨，写赋一篇，献给唐玄宗。为迎合唐玄宗，他写了不少溢美之词。

他还跑到长安，结识公主的亲信，向公主献诗。他坦然地表示，自己境况很苦，渴望得到引荐。

他还结识了贺知章，恭敬致礼，呈上诗本。

诗本中，有一首《蜀道难》，开篇便是——"噫吁哦，危乎高哉！蜀道之难，难于上青天！"

如此大气豪放，潇洒出尘，让贺知章惊异万分，脱口而出："你是太白金星下凡？"

有了贺知章的推赞，加上公主也极力美言，唐玄宗总算看了李白的诗赋。当下也受震动，继而仰慕不止。

李白总算得以进宫。入见当日，唐玄宗还下了辇，步行相迎。

酒宴上，唐玄宗又赐七宝床，并亲手为他调羹。

李白饱学，无所不知，对答如流，唐玄宗便让他入翰林院。

从这天起，宫中但凡有宴，或郊野祭祀，都少不了李白的身影和赋诗。

李白的奉诏之作中，多有浓艳之诗。比如，唐玄宗与杨贵妃赏牡丹时，李白便写下这样的句子："云想衣裳花想容，春风拂槛露华浓。"

但即便用词浓丽，终究也透露着大气。

李白性情豪放、慷慨，渐渐地，他对御用文人的生活感到厌倦。

他开始纵酒，与贺知章等人凑成一团，喝得醉醺醺的。唐玄宗让他上朝，他也不去。

有一次，唐玄宗气急，令他必来。他只好惺忪着眼，晃晃悠悠地入宫，迷迷糊糊地起草诏书。

尽管醉得不堪，但诏书一字不错，词义甚美。

只是，他伸出脚，让一个太监给他脱靴，引起了憎恨。

这个太监，便是大名鼎鼎的高力士，他背后向唐玄宗进谗，诽谤李白眼里容不下皇帝。

唐玄宗原本不快，这下便疏远了李白，进而将他罢官。

公元744年，李白至洛阳。偶然间，他遇到杜甫。

两位最伟大的诗人碰面了。在文学史上，这是一次激

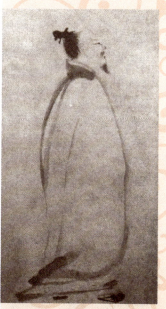

▲《李白行吟图》轴　再现李白洒脱之姿

▼《太白醉归图》　李白醉眼惺忪地被扶回家

动人心的相遇，一次永恒的相遇。

李白大杜甫11岁，此时已名扬天下；杜甫风华正茂，受困未发。对于杜甫，李白是大人物，但李白不倨傲；对于李白，杜甫是小人物，但杜甫不自卑。

二人坦荡、豁达，建立了深厚的友情。

公元756年，他们都迎来了悲愤的日子——安禄山反唐，京都危在旦夕。

面临灾难，唐玄宗惶恐不安，奔逃到川蜀。李白也向南奔逃，隐入庐山。

永王李璘，是唐玄宗之子，他倾慕李白，几次召请。李白犹豫再三，又出了庐山。

在李白看来，天下乱局已现，唐朝将被割据。因此，他劝说永王，攻占金陵。

他的意思昭然若揭：一旦占据金陵，就能在江南立足，便于称帝。

▲《夜宴图》 文人皆醉，侍童为一文人脱靴

这种想法，有些想当然。更何况，唐玄宗还没死，只是避难川蜀。

永王却受到鼓动，按计行事。结果，大败而归。李白速逃，却被抓回，关入牢狱。

李白急忙写诗，向人求救。他的妻子宗氏，四处奔走，啼泣求助，总算把他解救出来。

然而，皇帝恨他，把他流放到偏僻的夜郎，命他一生不得归还。

这一年，李白58岁。他抱病起行，他的妻子、弟弟默默送他，相对无言。

▲《夜宴桃李园图》 文人齐聚，内有李白

夏天时，李白走到江夏，登黄鹤楼，眺望鹦鹉洲。

他放眼楚天，不禁胸襟开阔，想要提笔留诗。这时，他猛地看到，楼上已有诗句——"昔人已乘黄鹤去，此地空余黄鹤楼。黄鹤一去不复返，白云千载空悠悠。晴川历历汉阳树，芳草萋萋鹦鹉洲。日暮乡关何处是，烟波江上使人愁。"

定睛一看落款，是崔颢写的。

李白自愧不如，搁下笔墨，说道："一拳捶碎黄鹤楼，一脚踢翻鹦鹉洲；眼前有景道不得，崔颢题诗在上头。"

公元759年，朝廷大赦，远在夜郎的李白，也获得自由。

他身心大快，顺着长江，一路疾驶。

途经白帝到江陵这一段时，水急流速，舟行若飞。他受到感染，提笔写下《早发白帝城》："朝辞白帝彩云间，千里江陵一日还。两岸猿声啼不住，轻舟已过万重山。"

▲《夜宴桃李园图》 文人齐聚，内有李白

此后的几年，李白贫病交加，依人为生。

公元761年，他已难以生存，遂前往安徽，投奔族叔李阳冰。次年，他病重难起，与世长辞。但民间有另一说法，说是他酒醉后落水而死。

李白一生，慷慨自负，不拘常调。人如此，诗也如此。

后世誉他：思不群，诗无敌，惊风雨，泣鬼神。

他的想象，有若鲲鹏，翱翔八荒，驰骋古今；他的感情，有若沧海，汪洋恣肆，豪纵不羁。他能把现实、梦境、仙境、自然界、人类社会，打成一片，不着痕迹，出神入化，开拓了诗歌的新境界。

这种伟大的浪漫主义，是继屈原之后的又一座高峰。

扩展阅读

李益工七绝，善边塞诗，有"不知何处吹芦管，一夜征人尽望乡"之句。李益曾与娼妓霍小玉往来，当官后将她抛弃，使她悲绝而死。李益良心受到谴责，一生中阴影挥之不去。

◎千古唯此人

杜甫出身显赫，乃士族大家。不过，他很不幸，出生不几日，母亲便病逝。继母进门后，他被送给姑姑。终其一生，他都绝少提及继母。

▲诗圣杜甫画像

少年时代，杜甫很顽皮，终日跑来跑去，像健壮的黄牛犊；又不断地上蹿下跳，一会儿上树摘果，一会儿又追踪昆虫。

杜甫家学渊博，世代尊儒，忧国忧民。这种传统，也渗透到杜甫的灵魂里。只是，唐朝正由盛转衰，他的家族，也随之破落，他的生活，一天比一天贫困。不到20岁，他便陷入颠沛流离中，仿佛做梦一般。

公元747年，杜甫跋涉到长安，参加考试。宰相李林甫弄权，不愿取民间人才，致使学子全部落榜，无一人中选。

杜甫无奈，心思百转千回。他若回家，生活依旧无望，他若留京，没准儿能等到机会。于是，他选择了客居长安。

然而，在长达十年间，他一直困守，虽然不停地奔走献文，但毫无结果。

杜甫郁郁不得志，失意至极，日子艰难不堪。

公元751年，杜甫身心疲惫，满面倦容。正月，他总算迎来转机。皇帝举行祭祀大典，他献上的赋，意外地得到皇帝细阅，受到赏识。

转眼，他被召入集贤院，等候分配。

可是，有如晴天霹雳，让他震惊的是，由于宰相李林甫作梗，他没有得到任何职位！

杜甫再度漂泊，直到四年后，李林甫死去，他才被任命为河西尉。

这是一个极小的官职，杜甫万般凄凉，不愿出任。

朝廷又让他担任参军。这也是一个卑微的官职，负责看守兵甲器仗，管理门锁、钥匙。

学无所用，这让杜甫长叹不止。但他困守多年，已经44岁，若不受职，恐怕以后也难再有机会。为了活下去，他只得赴任。

这一年11月，杜甫回家探亲。一进门，他就听到哀泣声。原来，幼子刚刚饿死。

杜甫止不住心酸，悲愤地写下五百字咏怀。诗中有这样的句子："入门闻号啕，幼子饥已卒。吾宁舍一哀，里巷亦呜咽……默思失业徒，因念远戍卒。"

他说，幼子被活活饿死，邻人都流泪呜咽，自己身为父亲，实在愧疚。自己好歹还是个官儿，境遇也这样悲惨，想想那些无业的百姓，边境的士兵，还不知如何苦楚。

杜甫悲痛于个人的不幸，但并未沉溺，而是深化为对苍生的关怀。他能够站在百姓的立场，想他们之所想，这是前无古人的。

在文学史上，胸怀如此博大、品格如此高尚的人，也并不多见。

杜甫因此被尊为"情圣"。而正是这种"情"，又使他成为了"诗圣"。

公元756年，叛军攻打京都，兵祸连连。杜甫一腔义愤，准备抗战。然而，道路上到处都是叛兵，他刚出门就被捉起来。幸亏他官小，未被下狱，只是散放看管。

第二年4月，杜甫冒险出逃，在战场上，寻到唐肃宗。

唐肃宗有感于他的忠勇，任他为左拾遗。不料，没几天，杜甫为一个贬官说情，惹怒了唐肃宗，唐肃宗又把他贬为参军。

到了公元759年，杜甫眼见朝廷乱七八糟，百姓生不

▼唐肃宗画像

▲杜甫在草堂闲住时，戴笠耕读，图为《杜甫画卷》

如死，甚为伤怀、失望。他辞去官职，几经辗转，抵达成都。

经过朋友的帮助，他在浣花溪畔建了草堂，即"浣花草堂"。

为了存活，杜甫不停奔波，杂七杂八地担任过多种职务。有五六年的时间，他都寄人篱下，生活凄凉困苦。

一个秋天，狂风呼啸，暴雨倾盆。茅屋破败，摇摇欲坠。饥儿老妻，瘦骨嶙峋。杜甫彻夜难眠，写下《茅屋为秋风所破歌》。

诗中，他写了"布衾多年冷似铁"，写了"床头屋漏无干处，雨脚如麻未断绝"，凄惨之至。

他又写道："安得广厦千万间，大庇天下寒士俱欢颜，风雨不动安如山！"

他盼望天下寒苦之人都有房屋，安然如山，能遮风避雨。

他还表示，若能如此，自己冻死也愿意。

杜甫是现实主义诗人，他的诗，沉郁顿挫，忧国忧民。

即便写山水，写闲情，他也会融入飘零的身世、多难的国与民。如，"丛菊两开他日泪，孤舟一系故园心"，便是如此。

正是因为融入了现实元素，杜甫的诗，有"诗史"之称。他的创作，也促进了现实主义诗派的形成。

公元765年，杜甫离开草堂，前往夔州。他租了些地栽种果木，余暇时则写诗歌。

他写了《蜀相》，内有——"出师未捷身先死，长使英雄泪满襟。"

他写了《登高》，内有——"无边落木萧萧下，不尽长江滚滚来。"

他写了《闻官军收河南河北》，内有——"剑外忽传收蓟北，初闻涕泪满衣裳。"

这些七言律诗，有着精密的声律句式，对仗严整无隙，有一种"建筑美"，为不可超越、不可模仿之作。后世称誉他"古今七律第一"。

官军收了河南河北后，标志着叛乱结束。杜甫喜极而泣，手舞足蹈，急于返回家乡。

可是，由于生活困难，路途遥远，他根本无法归乡。他已穷困到极点，以至于不得不住到船上。

公元770年，杜甫打算去郴州，投靠舅舅。船行到耒

◀《杜甫诗意图》，杜甫坐在树下，静望山河，眉宇沉重

阳，因夜雨连绵，江水暴涨，只得停泊。

整整五天，他没有东西吃，又饿又病，奄奄一息。当地县令得知后，送来酒肉，把他救活。

杜甫盘算了一下，若去郴州，还要逆流200多里，而洪水何时退却，全然不知。与其如此，不如不去，自己思乡心切，何不勉力归乡。

杜甫改变计划，开始顺流而下。

入冬后，他还在小船上漂荡。大雪封路，寒风刺骨，他无声地死去了。

杜甫一生，尝遍人间冷暖，极尽酸楚。但他留给后世的遗产，却是无价的。在整个文学史上，他是能够泽被千秋万代的文苑圣人。

常人作诗，一句只说一件事，最多两件；杜甫作诗，一句能说三五件事。

常人作诗，只说眼前，远不过几十里；杜甫作诗，一句能说几百里，能达天下。

杜甫的诗，风格独特，格律创新。在当时，被视为大胆、古怪，因而，他在有生之年，并未得到认同，直到去世多年，方被重视。

扩展阅读

许浑为人圆融，当官后从未被贬，只因身体虚弱，才乞求回乡。著名的《清明》诗，是他所写，而非杜牧。他酷爱写水，写雨，有"许浑千首湿，杜甫一生愁"之评。

◎ 压缩的字

韩愈三岁成孤儿，于堂兄家生活。堂兄再好，寄居亦苦，免不得要听些闲言碎语，看些不阴不阳的脸色。

这使韩愈变得很早熟，不需提醒，就很刻苦。

他也因此养成了一种性格，善对贫弱，不屑权贵。

韩愈18岁时参加进士考试，一连考了四次，方才取中。他又参加吏部考试，又一连考了四次，但却没中。

他不服输，坚韧不拔，三次给宰相上书，三次到考官家拜访，但无有答复，被拒之门外。

后来，还是受人推荐，他才得到了职位，当一名观察推官。

韩愈喜爱古文。他在研究骈文后，认为骈文有不足，应进行改革，以散文取代。在当推官时，他只要一有机会，

◀简陋草堂中，人物持卷而读，自得风流

就会宣传自己的主张。

公元801年，韩愈回京，入国子监。冬天，升监察御史。他一腔正气，黑白分明，处理了很多要事。

六年后，宰相前往淮西，镇压叛乱，特意请韩愈同行。

到了战场，韩愈建议宰相，可派千人，抄小路潜入蔡州，必能擒拿叛军首领。

宰相思虑良久。正在这时，另一支队伍却冒着大雪，趁着黑夜溜进了蔡州，擒住了叛军首领。

平定后，韩愈回京，因功升为刑部侍郎。

公元819年，唐宪宗派人迎佛骨、供佛骨，声势浩大，掀起崇佛狂潮。韩愈觉得荒唐，上书劝谏，说不能用根骨

▼《柳下眠琴图》 人物小憩时，备下纸张，以便随时写作

头误导天下人。

唐宪宗见韩愈如此放言，气得七窍生烟，要处死他，而且要用极刑！

宰相等人连忙劝解，唐宪宗心里不平，最终，把韩愈贬为了潮州刺史。

韩愈到潮州后，唐宪宗气头已过，有些后悔。

一日，他对群臣说："韩愈谏佛骨之事，是爱护我，我是因为讨厌他轻率，才贬了他。"

他的意思是，再把韩愈召回来。

大臣皇甫镈反对。皇甫镈憎恨韩愈心直口快，便说韩愈为人狂放粗疏，在皇帝身边终究不妥。

皇甫镈是唐宪宗的宠臣，正在为宪宗制"不死药"，宪宗便听从了他。

韩愈后被调到袁州，未能回朝。

在袁州，韩愈发现，此地有个风俗，平民家的女儿，抵押给人做奴婢后，如果在约定期限内没能赎回，此女就沦为终生家奴。

这种人口买卖，带有强夺的性质。韩愈决心将之取缔。

他想尽了办法，把那些为奴之人都一一赎回来，让他们各自归家。同时，严下禁令，不准买卖人口。

自此，买人为奴的风俗，在当地戛然消失。

韩愈直爽坦率，从不畏惧什么，也不回避什么，操行坚定、纯正。

当他见到孟郊、张籍时，二人还是小后生，尚未出名，但他还是尊重他们，赞颂他们。而当二人显贵后，他依旧如故，言行与从前一样。

他还非常爱护年轻人，时常省出饭菜，留他们在家学习。即便自己连早饭都吃不到，仍和颜悦色，毫不在意。

他还帮助孤女婚嫁，有近十人受到他的恩泽。

在大兴教化时，韩愈也未放弃自己的古文改革运动。

他大力反对骈文，说它一味追求声律对仗，忽视了内容；应当将其散化，以内容为主，而不是以形式为主。

他的倡导，为散文开辟出新路径。

他还把散文语言、技巧等，引入诗歌，增强了诗的功能，扩大了诗的领域。

韩愈的散文，用字奇特、精辟，许多都被后人压缩，成为成语。如：

"坐井而观天"被压缩成——"坐井观天"。

"弱之肉，强之食"被压缩成——"弱肉强食"。

"如痛定之人，思当痛之时"被压缩成——"痛定思痛"。

"其危如一发引千钧"被压缩成——"千钧一发"。

今天，这些被压缩的成语还在被频繁使用。

扩展阅读

罗隐直率，爱嘲讽人，考官们反感他，使他考了十次也不过。他的诗也多讽意，如"野水无情去不回，水边花好为谁开？"小品文更犀利，被后世誉为"烂泥里的光彩"。

◎ 人在"潇湘"

唐顺宗时，国家疲敝，衰穷不堪。一些有识见的大臣，提出改革。柳宗元很激动，也加入进去。

在唐顺宗的支持下，一系列举措开始施行：贪官被贬，污吏被斥，税收被调。至于那些玩物丧志的机构，如雕坊、鹘坊、鹞坊、狗坊、鹰坊，也都解散。

如此激烈的动作，触犯了权贵利益，一场波涛酝酿着，就要席卷而来。

时隔不久，唐顺宗染病，卧床深宫。权贵们趁此机会，串通太监，内外联合，攻击改革派。多人被陷害、被削职、被抓。

三个月后的初秋，唐顺宗病重，让位给太子，是为唐宪宗。

▼《潇湘图》中，景致静谧悠远，怡人性情

▲山水间的浅屋陋房，是文人清志的体现

唐宪宗上任第二天，便把改革派或贬或罢，有的人还被赐死。

柳宗元还算幸运，捡了一条命，被贬到邵州。

他默默起行，刚走到半路，又接到圣旨，被贬到永州。永州更为荒凉，可见皇帝的气恨加深了。

柳宗元到了永州后，一待就是十年，皇帝视他为无，好像没有他这个人。

永州虽为当时的荒蛮落后之地，但位于潇水、湘水的汇合处，雅称"潇湘"，风光幽美。而且，人文风土也很多彩。柳宗元每日处理公务后，便游山历水。

他还招来一大帮士子，谈书论诗。有时候，他干脆招一伙闲人，凑在一起，闲坐，闲啜，闲聊。

日子清幽，柳宗元得空，便研析古代诗文，并写下《永州八记》。

这是一系列山水游记，柳宗元借山水而抒发愤郁。

在他之前，山水游记混杂在散文中，并不独立。而当他的这些文章问世后，山水游记霍然挣脱出来，成为独立的一种散文体裁。

柳宗元的散文中，还有很多关于人物的，如《捕蛇者说》《种树郭橐驼传》等。

这些文章，对人物传记的崛起，起到了作用。

公元815年，柳宗元终于被朝廷想起，要他回京。

柳宗元心想，熬了这么多年，这回该出头了。谁知，当他跋涉一个多月，回到长安后，迟迟听不到晋升的消息。

原来，一些权臣觉得他有思想，一旦被重用，恐怕难以驾驭。因此，一再反对他晋升。

就这样，柳宗元再次被贬为柳州刺史。

桃花三月，天地芳菲，柳宗元却一腔抑郁，闷闷地前往柳州。

路途坎坷，走了一百多天，柳宗元抵达柳州时，已是夏天。

到了任所，他发现一个奇怪的现象，下雨时，柳州人

◀表现文人种树的古画——《种树图》，非常罕见

接雨而喝，不下雨时，他们就喝河水。

为什么不喝井水呢？柳宗元十分纳闷。

经过问询，他得知，当地人认为，打井就要掘地，挖掘会伤害地，引来报应，因此，当地无井。

想到此地落后至此，柳宗元不禁长叹。

他耐心地给柳州人讲解，然后，一连打了好几口井。柳州人大着胆子，去尝井水，又干净，又甘甜。此后，因饮雨水、河水生病的现象，都消失了。

柳宗元注意到，此地有很多闲散者，终日游逛。他便把他们聚拢一起，教他们种菜，以解贫穷。

他还动员他们种树，自己也去挖坑，使得柳州绿意盎然。

柳宗元的到来，改变了柳州人的思维方式，更新了柳州的生活方式，推进了柳州的文明开化。

公元819年，朝廷更换宰相，新宰相告诉皇帝，像柳宗元这样的人，有名气，有人品，有政绩，朝廷却放着不用，岂不浪费？这不是让百姓寒心么！

几番苦劝，皇帝终于回心转意，召柳宗元回京。

遗憾的是，柳宗元苦寒多年，未及动身，便病逝柳州，死时只有47岁，正当盛年。

扩展阅读

宋之问因写过"近乡情更怯，不敢问来人"等诗而闻名，但他人品却极其低劣。他见外甥刘希夷写出一句"年年岁岁花相似，岁岁年年人不同"，很是嫉妒，**便要强占他的诗句**。外甥不肯，他便用装土的布袋将外甥**活活闷死**。

◎搬家搬出千古名作

对于刘禹锡来说，公元805年，不是个好年头。因为在这一年，他被逐出京都。

原因是，他渴望改革弊政，并积极参与，受到保守派的打击。

他被贬到连州、朗州，前后约十余年。当他被召回时，长安城内，已经物是人非。朝廷内，奸佞成群。

刘禹锡看不惯，写下一诗，嘲讽他们。诗成，他也被贬。

从此，他的贬谪生涯，便像连续剧一样，不停地开播。

在贬为苏州刺史时，待遇尚可。一日，当地人李绅邀他赴宴，他欣然而往。

李绅仰慕他，隆重地准备了筵席，好酒好菜，还有歌伎侍酒。

刘禹锡吃得痛快，兴致很高，当场作诗，末两句为："司空见惯浑闲事，断尽苏州刺史肠。"

▲《柳屋著书图》 再现了文士埋头撰写的情形

"司空"，是一种官职，代指李绅——李绅曾当过司空。

此诗传出后，一再被人传唱，吟的人多了，"司空见惯"变成了成语。

这是刘禹锡对成语作出的贡献，不过他自己并不知道。

公元821年，刘禹锡又被贬到夔州，接着，又是和州。

和州，位于今天的安徽和县。刘禹锡到和州，是当通判，辅助知县。那里的知县姓策，既见利忘义，又嫉贤妒能。他见刘禹锡落魄，便落井下石。

按照常例，通判应住在衙门里，房子为三间三厦。但策知县一肚子坏水，说衙内无房，只能住在县城南门。

南门处，道路不好走，距衙门很远，又很破烂，分给刘禹锡的三间小屋也很狭窄。

不过，刘禹锡反倒高兴，因为小屋临江，推窗可见满江涟漪。

策知县大出意料，有些气恼。他再命书丞，让刘禹锡搬到县城偏北处，给一间半房，让他再看水！

刘禹锡还是很快活，因为这一间半房位于岸边，旁有杨柳。他可以看柳！

他在门上写道："杨柳青青江水平，闻郎江上唱歌声。东边日出西边雨，道是无晴却有晴。"

策知县气得肺要炸掉，他盘算许久，又有了主意：让刘禹锡搬进城，住进一间仅容一榻、一案、一椅的小屋。

半年时间，刘禹锡被迫搬了三次家。他知道这是知

▼唐朝时，文人与歌伎关系亲密，图为《琴士图》

▼江与柳，为古人常写之物，此为《杨柳春江图》

县在刁难他，便更显出乐观，写下《陋室铭》，不让知县
得意。

策知县一见——"山不在高，有仙则名。水不在深，
有龙则灵。斯是陋室，惟吾德馨"，登时气得说不出话。

此后，他虽压制刘禹锡，但是再也无计刁难了。

《陋室铭》是一篇千古之作。它以直面物质匮乏，追求
高尚品德，而成为文学史上一股强大的精神力量。对世人
（尤其文人）的影响，无可比拟。

公元826年，刘禹锡被调回洛阳，结束了长达23年的
贬谪生涯。

由于贬谪之地甚多，他曾流落巴蜀，写下许多丛林少
数民族的诗歌。这在文学史上，并不多见。

他还写了很多"寓言诗"，堪称诗坛奇葩。

刘禹锡性格刚毅、豪猛，即便流放，也不沉沦。他的
诗，也因此"气为干"，雄豪苍劲，有挺拔之力，无衰弱
之气。

扩展阅读

张九龄为唐朝宰相，深谙棋道，唐玄宗不服，每日
与他对弈，想要比出高低，差点儿误国事。张九龄还深
谙五言律诗，他写的"海上生明月，天涯共此时"，唱
绝千古。

◎一思一怆然

▲以白描著称的白居易

儿童时代的白居易，刻苦程度惊人。

他终日读书，无一丝闲隙。除了吃饭睡觉，他一直不住嘴地读，以至于口都干裂。手因持书，也磨出茧子。

他不是死记硬背，而是读中有思。而长时间的深于思考，让他年纪轻轻就白了头。

白居易有了文名后，顺利入朝。皇帝赏识他，把他提拔为言官。

言官的任务，就是进谏。白居易为报答皇帝的知遇之恩，频繁上疏。他很率真，入见皇帝时，还当面指出皇帝的错误。

这种直截了当的方式，让皇帝不悦。

一日，皇帝向大臣李绛抱怨，说白居易实在无礼，难以忍耐。

李绛连忙开解，说直来直去比藏着掖着好。

皇帝不语，心中仍窝着一团闷气。

公元815年，宰相遭到暗杀，凶手疑为一位权贵。白居易大惊，继而气愤。国家乱套到如此地步，他怎能不吭声？

于是，他再次上疏，要求严缉凶手。

皇帝一见，又是他在喋喋不休，心情陡地变坏，没有理睬。

凶手集团见此，便捏造事端，诽谤白居易不孝，导致母亲无病而亡。

白居易的母亲，酷爱花草，一日看花时，脚下一滑，不慎坠井去世，并非白居易所害。但凶手集团继续造谣，说白母离世后，白居易不仅不悲痛，还写赏花诗，实在恶劣。

皇帝听后，立刻下旨，把白居易贬为司马。

白居易离开京都，来到江州，心情大变。此前，他一心想兼济天下，现在他只想独善其身。

虽然变得消极，但白居易生活优渥，尚能保持恬然状态。

他在庐山建了草堂，又与僧人交游，不时还邀二三人坐船游玩。酒菜装在囊中，垂入水里降温保存，饿了时捞出即食，好一派闲情逸致。

公元820年的一个冬日，白居易接到圣旨，让他回朝任事。

他这回"乖巧"了许多，不再"妄言"。一年后，他升为五品官，每天穿着绯红色朝服。

但是，白居易终究心系家国，下一年，他还是忍不住上疏，论及军事。

石沉大海，没有回应。

白居易来了意气，提出离京，到外地任职。皇帝似乎并不留恋，当即允了。

白居易来到江南，担任杭州刺史。他见古井失修，百姓饮浊水，便全力疏浚。

他又清理西湖，除去阻塞，使湖底干净，湖面清亮。在堤岸，他又栽杨柳，使其花红柳绿，被称"白堤"。

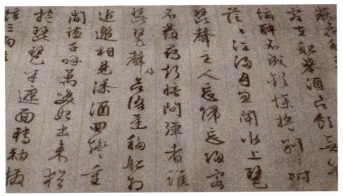

◀白居易的《琵琶行》，由明朝名士文徵明书写

▲《观画图》，图中屏风上有白居易之画

晚年，白居易回洛阳居住。不是礼佛，就是吟读，非常闲适。

他诗作极多，自己将其分成四类：讽喻诗、闲适诗、感伤诗、杂律诗。

这些诗，都是新乐府诗。所谓"新"，是指他在乐府诗中加入了现实元素。

这种革新，是一种标志性的成就。

诗中，他还加入了传奇小说的表现手法。

这也是创造性的，促进了叙事诗的发展。

在《长恨歌》和《琵琶行》中，他不仅描述了外貌、服饰、动作、心理，还描述了气氛、环境、自己的感情等等，的确是个传奇。

此二诗，都为七言歌行体。平仄协调，音阶随着情节而曲折，随着感情而顿挫，极为奇特，颇合人性。

白居易74岁去世时，这两首诗已传遍大街小巷。

此时的皇帝，已为唐宣宗。唐宣宗欣赏白居易，特意写诗悼念："童子解吟《长恨》曲，胡儿能唱《琵琶》篇。文章已满行人耳，一度思卿一怆然。"

扩展阅读

少年韦应物放荡粗野，横行霸道，15岁入官后，为皇帝近侍。战乱时，皇帝逃亡，他深为感慨，开始读书。他少食寡欲，由虐民改为爱民，著有《韦江州集》。

◎ 曾经沧海

元稹长得清秀，备受父母娇宠。不幸的是，他刚八岁，父亲病殁。

他的母亲郑氏，是续室，几个异母哥哥不愿供养。母亲无奈，携子女离开，依投娘家。

日子分外苦难，衣服破烂，不能蔽体，每天都吃不饱。元稹的母亲却很坚强，有条不紊地教子女道理、诗书、礼仪。

元稹之母，非寻常之人，既有美貌，又有母仪，还有学识。在她的教育下，元稹格外发奋，有时，一边哭一边学。

九岁时，元稹作的诗，已非常成熟，常被叹为成人所作。

◀在古代，一些文士的成名离不开母亲的口传身授，此图中，慈母携子，亲和感人

为摆脱困境，元稹15岁应考，一举及第。

在等候分配时，他也不闲着，照样勤学。

入职后，元稹格外认真。21岁时，他被调去蒲州（今山西），在河中府任职。

蒲州有户人家，姓崔，是母亲的远亲。元稹到时，正赶上崔家遇到麻烦，元稹极力帮忙，使其得安。

崔家有个女儿，名崔双文。元稹与她频繁接触，产生爱慕，许下诺言，定将婚娶。

根据唐制，及第者还要经过吏部考试，才能正式任职，元稹现在只是"实习"。于是，元稹很快离开崔家，回京再试。

这一次，他的卓越文采，大放光芒，被任校书郎，深得大臣韦夏卿赏识。

元稹偶然得知，韦家有女，名韦丛，尚未出嫁。他心中一动，想道，若娶韦丛，就可进入高门府邸，有助于仕途；至于崔双文，虽然有才貌，家也富有，却于仕途无补。

他不想放弃这个攀高枝的机会，便抛弃了崔双文，向韦家求婚。

公元802年，元稹娶了韦丛。

这本是一次政治婚姻，但二人却很恩爱。韦丛出身富贵，却安于贫困，不慕虚荣。元稹在工作中锋芒太露，触犯了权贵，使得日子难过，而韦丛从不急躁，安之若素。元稹惊喜交加，对她格外体贴。

公元809年，元稹被提拔为监察御史，出使剑南东川。他意气风发，大胆纠察不法官吏，大力平反冤案，得到百姓拥护。不过，也遭到了权贵的排挤。

就在这一年，韦丛却生了病，病势沉重，竟然很快就死了，年仅27岁。

元稹大受打击，夜不能寐，痛哭不止。

他身在东川，不能回家，便写下悼亡诗《遣悲怀三首》。

诗中写的"顾我无衣搜荩箧，泥他沽酒拔金钗"，是他回忆韦丛为他缝衣、为他当金钗买酒的情形。

"诚知此恨人人有，贫贱夫妻百事哀。"他叹息清苦的生活，心痛难遣。

韦丛下葬后，元稹继续巡察。到达蜀地后，他听说，薛涛诗名很盛，便约其见面。

谁知，初相见，二人便受到吸引。在之后的三个月中，他们依偎相随，日夜不离，海誓山盟。

三个月后，元稹归期已到，返回京都。他频繁地给薛涛写信，薛涛也切切地盼望着他。

然而，渐渐地，元稹减少了书信往来。

或许，是因为他顾忌薛涛大他11岁，且为风尘女子，会影响他的仕途。或许，是因为他还想念亡妻韦丛，对薛涛感情不够深厚。总之，他不再寄信给薛涛，薛涛的朝思暮想，付诸流水。

元稹的一生，为了官场生涯，先后抛弃了两个女子，一是崔双文，一是薛涛。他的内心，也非常不安。

或许是出于良心的谴责，他创作了《莺莺传》，里面的

▼《勘书图》中，学者在拥簇中校订书稿

▼元稹曾任校书郎。校书郎负责校勘典籍，此为《勘书图》

主角崔莺莺，就是崔双文的化身，也隐现着薛涛的影子。

《莺莺传》是一篇传奇小说，在文学史上，有极大影响力，后来的《西厢记》就是根据它而演绎的。

更重要的是，它还带有自传体的性质。这对自传体小说的发展，起到了促进作用。

元稹写《莺莺传》，是出于内疚。他同时写的关于韦丛的诗文，则是出于眷恋。

在《离思五首》中，他写道："曾经沧海难为水，除却巫山不是云。取次花丛懒回顾，半缘修道半缘君。"

他仿佛在向亡妻倾诉，你就是沧海，就是云，再没有别的水、云能吸引自己；即便穿梭在花丛中，自己都懒得回顾，一半是因为修道，一半是因为有你在心里。

这首诗，取譬极高，抒情极强，用笔极妙。它言情，但不庸俗；它瑰丽，但不浮艳；它悲壮，但不低沉。它既豪壮，又曲婉，若河流的奔腾与深沉。

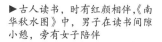

▶古人读书，时有红颜相伴，《南华秋水图》中，男子在读书间隙小憩，旁有女子陪伴

在唐朝悼亡诗中，此诗堪称绝品。

元稹为了仕途，而有负几位女子，但他的仕途并不顺利。

公元810年，元稹夜入驿馆，住在上厅。恰逢几位当权太监在此，也要住上厅。元稹不让，遭到谩骂、鞭打。最后，他鲜血直流，被撵出去。皇帝得知后，斥他有失臣体，把他流放十年。

元稹与白居易是生死之交。元稹被流放时，白居易也被贬，二人远隔千里。白居易诗曰："与君相遇知何处，两叶浮萍大海中。"

公元815年，元稹被召回。但不知为何，刚入京，又被贬到北京通州。元稹患上疟疾，几乎死去。

公元821年，他又被召回，一番努力后，竟然升任宰相。他自以为熬出了头，不料，又被诬陷，贬到浙江。

公元829年，元稹回朝，锐气仍在，治理吏治，一片清明。然而，群臣认为他无操行、没心肝，对他不服，又把他排挤出去。

公元831年，元稹再也不被贬了。他忽得暴病，俄顷即亡。

扩展阅读

寒山生得矮丑，朝廷便不录用他，家人也白眼待他。他心寒，遂出家，礼佛作诗。他开创了俚语、俗语入诗的新境，用"我见百十狗，个个毛狰狞"来形容人。20世纪50年代，其诗远涉美国、欧洲，声誉高过李白、杜甫。

◎驴背上的苦吟

贾岛家门寒微，依靠自学，才懂得诗文。

他渴望出人头地，多次应举，但一次都没考上。

他极度失意，自觉没活路，便栖身佛门，出家为僧，法名"无本"，意思是，什么都没有。

虽然有了饭吃，但贫困未改。禅佛生活又很枯寂，这让贾岛变得越来越孤僻、冷漠、内向。

他的人，也更加单纯，不论喜怒，都表现在脸上，一点儿没掩藏。

贾岛爱幽静，喜欢奇异的僻处。至于荣华，他看得很淡。但对于兴国兴民，他却有着若隐若现的向往。

有一天，贾岛出长安城，走向郊野，拜访朋友李凝。

李凝在山中幽居，贾岛走了很久，天色漆黑时，才摸到地方。

▼图中人物树下敲门，显得格外幽寂

夜深人静，月光如雪，他的叩门声，惊醒了树栖小鸟。

不巧，李凝不在家。贾岛便在门扉上留下一首诗，然后离去。

次日，贾岛返回长安。他骑着毛驴，溜达进城，想着昨夜的留诗，忽觉有一字不妥——"鸟宿池边树，僧敲月下门"中的"敲"字，他感觉不好。

他想，或许用"推"字更恰当。

他坐在驴上，一边吟诵，

一边做敲和推的动作。行人一见，感觉特别滑稽，纷纷窃笑。

贾岛全神贯注，仿佛全世界只有他一个人，不慎竟闯入一个隆重的仪仗队中。

这是大臣韩愈的仪仗队。韩愈问贾岛，因何乱闯？

贾岛便说明了情由。

韩愈一听，兴致陡增，再三思索。一会儿，他说，还是"敲"字好，夜访人家，敲门示意，含蓄有礼，"推"则显得鲁莽、无礼；"敲"字还能突出夜的静，有动有静，岂不活泼？

贾岛大喜，连连称是。

乱闯仪仗，原要受罚，但贾岛不但没受罚，还和韩愈成为朋友。

贾岛待韩愈，若学生待老师。韩愈劝他："既有才华，何不还俗？"

▲《骑驴觅诗图》 花草满径，诗意盎然

贾岛的大展雄图之志，被激发起来，便毅然脱了僧籍。

不过，他每次考试，都不顺利。他一次次地考，一年年地考，都考不上。

他又贫又病，几乎崩溃。一次落第后，他写道，"泪落故山远，病来春草长"，抒写了自己内心的痛苦。

有一次，他把考官形容成"病蝉"，结果，被扣上"举场十恶"的帽子。

最让他悲伤的是，他的好友孟郊突发急病，不治而亡。

孟郊是贾岛的知己，性情也孤僻、耿介，不愿与人往来，好不容易得到一个芝麻大的官，又不理政务，竟由别人代职，自己拿着半份薪水，回家过清苦日子。

许是由于经历差不多，两人的诗歌，也有类似的气质，被称为"郊寒岛瘦"。

所谓"郊寒",是指孟郊的诗作,透露着"寒"意。如:"默默寸心中,朝愁续暮愁";"死辱片时痛,生辱长年羞";"心曲千万端,悲来却难说"。

其实,孟郊也写过"春风得意马蹄疾""慈母手中线,游子身上衣"这种诗,但不是主流,"寒"才是主调。

所谓"岛瘦",是指贾岛的诗作,寒瘦孤峭,情绪穷愁。

与孟郊一样,贾岛的词句中,到处可见"泪""恨""死""苦"等字眼。

二人还有一个共同的习惯,每作诗,都要搜肠刮肚,苦思冥想,被称为"苦吟诗人"。

贾岛的苦吟,更甚之。

他的刻苦认真,到了极端的地步。他曾写这样两句诗:"独行潭底影,数息树边身。"

在句子下方,他加了注释:"二句三年得,一吟双泪流。"

意思是,为了写出这两句诗,他琢磨了三年时间!

贾岛的炼字、炼意,使每个字,都经过了一遍又一遍的锤炼。虽为推敲而成,但没有斧凿之痕,自然天成。

贾岛勤苦多才,还俗后,却长年不被任用。贾岛有心回归僧院,但始终不甘,

▲《秋风索句图》 文人立在山野苦思诗句,须发被风吹动

心里仍有热望和豪情。

他写了一首《剑客》:"十年磨一剑,霜刃未曾试。今日把示君,谁有不平事!"满纸豪气,风骨凛凛,表明了他心底的慷慨激越。

可是,他直到50岁时,才通过考试,被任命为长江县

的主簿。

贾岛须发花白，方得此小职，内心五味杂陈。春节时，他想到那些公卿正在灯火辉煌中把酒言欢，而自己却独居僻地，默默无闻，未免心酸。

除夕夜，他把自己一年中写的诗都拿出来，摆到几案上，焚香燃烛，恭敬而拜，然后，洒酒于地，祭奠这唯一陪伴他的东西。

贾岛在任三年，手不释卷，苦吟不绝，病殁方止。

贾岛为人木讷，并不聪明，但他依靠刻苦，反复琢磨，得以成就诗坛不朽。

他的苦吟精神，深深地影响了后人。有人根据他的诗，衍化出许多作品。

如——"才吟五字句，又白几茎髭"。

如——"吟成五字句，用破一生心"。

如——"吟安一个字，捻断数茎须"。

五代时，有人还铸了贾岛铜像。此人拿着佛珠，对着贾岛像念诵，一日念1 000遍。

贾岛生前信佛，死后，有人奉他为佛。或许，这是上苍对他孤苦一生的告慰吧。

🈂 扩展阅读 🈂

变文，相当于"演义"，是荀子发明的。唐朝时，变文独立为一种新文体：散文里杂有骈文、文言或口语、白话。在敦煌壁画上，就有许多变文，美丽而神秘。

◎非要把心呕出来

李贺的祖上，是唐朝皇室的远支。到了他这一代，家已衰败，徒有四壁。

每一次，李贺想起自己的血统，都感觉高贵、自豪。然而，他定睛一看家中，顿时就沮丧起来，倍觉凄凉。

李贺长得细瘦，手也细长，既能写快书，又能写好诗。

他酷爱诗歌，每天清晨，都骑驴外出，悠闲觅句。日暮时分，他又像倦鸟一样归家。

一日，他母亲注意到，他每天都拿着一只破旧的布囊，不知干什么用，便打开布囊，一看，是一些纸，上写诗句，密密麻麻。

他母亲心疼他，叹道："此儿非要把心呕出来啊！"

李贺18岁时，声誉已很大。韩愈等人听说后，便与之相见。

李贺当场写下一诗，韩愈等人一读，大吃一惊，认为天才盖世。

▼骑驴觅句是许多清贫文士时常进行的活动，此为《出行图》

韩愈劝李贺考进士，李贺有积极的参政愿望，很高兴地开始备考。

让他始料不及的是，挫折就从这时开始了。

李贺到了长安后，因年少名大，招来妒忌。在考试时，有人诽谤他，说他的父亲名叫"李晋肃"，其中的"晋"，与进士的"进"，是相犯的。

意思是说，他自恃有才，狂傲地不避名讳，人品不好。

李贺被无端地安上这个罪名，气愤不已。他实在不明白，这算什么罪名！

他愤然离开考场，中断考试。出城时，他满腔情绪，滋味复杂。

深秋时，李贺不甘心，气不平，再返长安。

这一次，在韩愈等人的支持下，他得以入仕，当了个九品官。让他愤懑的是，考场还是不让他进，他仍不是进士。

李贺官职低微，若不能成为进士，就无望升迁。因此，他耿耿于怀，本来就身体羸弱，这下更添了病。

当他20岁时，他写道："我当二十不得意，一心愁谢如枯兰"；"天荒地老无人识"。

不过，他并不一味沉溺于消沉。他不甘沉沦，心中还有豪情，又写下"男儿屈穷心不穷，枯荣不等嗔天公"的壮语。

由于穷困，缺乏营养，李贺的妻子也疾病缠身。在她20岁出头时，便撒手人寰。李贺更加忧郁，心情沉重。

▲图中人物握卷沉吟，神情悠远，似有所得

李贺离开长安，去南方寻找机会，却发现，天下都一样，哪里都乌烟瘴气，乱七八糟。

公元814年秋天，他继续奔波。深秋时，进入山西，抵达潞州，掌持公文工作。

两年后，当地打仗，李贺无处容身，无路可走，只好强撑病躯，回到故居。

没几天，李贺就在家中病逝，年仅26岁。

李贺一生坎坷，胸中涌荡着哀愤孤激，便以诗篇发泄。

他写了很多反映现实黑暗的诗。与众不同的是，他写

的是现实，表现手法却不写实，而是极尽浪漫。

在《李凭箜篌引》中，他发挥奇特的想象，使其情怀若石破天惊，奔放热烈，奇丽谲幻，幻丽缤纷。

如此不拘常法，在文学史上，有开创性意义。

他成为继屈原、李白之后又一位不朽的浪漫主义诗人。

李贺还善于描述鬼魅，营造悲冷氛围。

他用"鬼灯如漆点松花""鬼雨洒空草""百年老鸮成木魅"等，来描述毛骨悚然的可怕世界。

在无职归家后，李贺心情难过，夜里听着萧瑟的秋风、刺骨的冷雨，越发感觉无限悲苦，无限哀愁。他想到孤坟野鬼，便写下《秋来》。

诗句中的"秋坟鬼唱鲍家诗，恨血千年土中碧"，是他在借鬼抒发忧愤。

李贺也因此被称为"诗鬼"。

扩展阅读

戴叔伦的祖父、父亲皆为隐士，他则因穷窘出仕，写有《边草》："边草，边草，边草尽来兵老。山南山北雪晴，千里万里月明。明月，明月，胡笳一声愁绝。"后也归隐。

◎ 风流的种子

洛阳城外，一席酒宴正在进行，崔郾喝得脸色发红。

一时，一阵悠闲的驴蹄声传来。崔郾扭头一望，是名流吴武陵。他急忙搁杯，前去迎接。

吴武陵下了驴，告诉崔郾，此来是为推荐一人。

谁？崔郾纳闷。

吴武陵伸手入怀，摸出一张纸，递给崔郾。

崔郾一看，纸上写着《阿房宫赋》，是篇赋体散文，夸张大胆，气势夺人。崔郾读着读着，情绪都不自觉地昂扬起来。

可是，当他再一看，作者是杜牧，顿时又泄了气。

崔郾说："此人推荐不得。"

吴武陵奇怪，问为什么。

崔郾说："此人品行不端，是个风流种子，爱拈花惹草。"

吴武陵叹道："再也找不到比这更好的赋了。"

崔郾一想，也是，于是仍决定推荐杜牧。

◀《全唐诗》收有杜牧作品

由是，26岁的杜牧，状元及第。

杜牧很得意，未免张狂起来。当朝廷在曲江举行宴席时，他一路摇摆而来，顾盼生姿。

入得园来，杜牧遇一僧人。闲话间，僧人问他姓名，他报上大名，心想僧人定会震惊。岂料，僧人神色如初，平静木然。

杜牧分外失落，惆怅赋诗，说："老僧都未知名姓，始觉空门气味长。"

杜牧到淮南任职后，在节度使府，负责公文。他住在扬州城内，一有闲暇，便宴游不止。

一日，他闲逛到一个酒馆，猛地发现，卖酒者竟是张好好！

▼《小红吟唱我吹箫》中，再现了文人与歌伎的酬答

张好好是杜牧在南昌时认识的。当时，他去一位书法家府上做客，见一歌伎，美丽聪慧，一见倾心，这便是张好好。杜牧颇想娶她，她也想嫁他，但却被书法家之弟抢了先。

杜牧伤心至极，徘徊多日，方才离去。他再也想不到，今生还能再见她。

可是，扬州一见，却让他更加酸楚。张好好沦落为卖酒女，憔悴不堪。

杜牧百感交集，写下了著名的《张好好诗》。

杜牧在扬州任职十年，当他离开时，恍如做梦一般。他回想这十年，自己不是凭吊古迹，就是在烟花处寻欢，在别人看来，有如一个薄情郎。

他很感慨，写道："十年一觉扬州梦，赢得青楼薄幸名。"

杜牧作诗，"意"为主，"气"为辅。

这篇七言绝句《遣怀》，便意气流荡，余味不绝，同时，也有英发之姿，俊朗之气。

公元838年，杜牧来到宣州（今属安徽），担任团练判官。

一日，他听说，湖州女子极美，便跑去湖州。湖州刺史一见他来，盛情接待，几乎把湖州名妓都唤了来。

杜牧放眼望去，深觉遗憾，说："倒是很美，却不尽美。"

他建议，不如举行江上竞渡，那时候，人多，没准儿就能发现大美之人。

刺史因仰慕他的诗，便同意了。

竞渡开始后，观者密密麻麻，杜牧挤在人群中，仔细寻美。

他在人堆里钻了一天，暮色降临时，依旧一无所获。

当竞渡结束时，他无意间瞥见一个村妇，牵着一个女童，青涩可爱。

杜牧心情激动，大赞天姿国色。他把母女二人接上船，告诉村妇，将娶其女，可定婚约。

村妇不放心，问杜牧："若是失约，如何？"

杜牧告诉村妇，以十年为期，若第十年他没来，女子另嫁。

村妇答应了，杜牧留下聘礼。

官场的升迁，不以杜牧的意志为转移。杜牧渴望被调到湖州，但却先后被调到黄州、池州、睦州。

当他的朋友当上宰相后，他接二连三地写信，请求出任湖州刺史。宰相满足了他的愿望。但他已41岁，距约定时间已过去14年。

杜牧忐忑地寻那村妇，却不见其女。一问方知，那女子对他也曾留念，十年过后，又空等他一年，方才出嫁。

杜牧恋念女子，想要利用权势夺回，但一想到可能会闹出祸事，又憾然作罢。

▲杜牧眷恋美色，写有女子诗，此为《芭蕉美人图》

杜牧的后半生，被召回京城，屡次被升迁。但他并不开心，反而一再请求，让自己离京，到地方任职。

他之所以如此反常，有人猜测，是因为对朝政不满。还有人猜测，是京城管理严厉，妨碍了他四处风流。

总之，杜牧最终被外放到杭州。

公元852年，杜牧患病，羸弱不堪。他闭门在家，为自己写了墓志铭。

之后，他搜罗写过的全部诗文，一篇篇细读，觉得不好的，全都烧掉。残留者，只有1/5。

冬天的时候，杜牧离世。

消息传来，有一人哭得最为痛心，这便是张好好。

张好好悲绝不止，瞒着家人赶到长安，到杜牧坟前祭拜。她回想多年前的相遇，万般凄楚，于墓前自尽。

扩展阅读

唐朝传奇小说颇有影响，如郑光祖写的《离魂记》：王文举入京，倩女魂魄离身，跟随身边，王文举却以为是真人。元朝时，元曲大家郑德辉将它改写为《倩女离魂》。

◎一寸相思一寸灰

公元829年，李商隐搬到洛阳，偶然认识了令狐楚。

令狐楚为朝廷命官，且爱好文学。有了他的支持，李商隐顺利出仕。

李商隐英姿勃发，渴望有所作为。但朝堂上勾心斗角的现实，让他愤慨疲惫，逐渐变得消极起来。

朝中，有对立的两派，一派以令狐楚为主，一派以李德裕为主。李商隐的尴尬在于：他新娶的妻子，是李德裕下属之女，他无形间，站到了李派阵营里。而这，无疑是对恩人令狐楚的背叛。

李商隐为此付出了一生的代价。当他参加礼部考试时，被令狐派无情地除名。

他只好来年再考。这一次，令狐派不便再除名，便分配给他一个极小的官职，到河南弘农，当县尉。

在弘农，李商隐想为死囚减刑，却受到上司责难、羞辱。李商隐不堪忍受，愤然辞职。

令狐派巴不得他这样，毫不挽留。

李派自然不肯善罢甘休，想方设法，又把李商隐弄回京城，在秘书省任职。

李德裕任宰相后，李派有了强力靠山，李商隐也踌躇满志，振作起来。

然而，就在这当口，他母亲去世，他需离职并回家守孝三年。

三年后，当他奔回朝廷时，李派已失势。

▲《柳荫高士图》 文士树下大饮，醉意迷离，放浪形骸，意态颇豪

李商隐欲哭无泪，只好滞留秘书省，浑浑噩噩地打发日子。

▲《溪桥策杖图》 表现出文人在苦闷中寄情山水

由于他职位极低，低到了让令狐派不屑一顾的地步。因此，他反倒逃脱了打击。可是，他一想到前途无望，还是郁郁寡欢。

李商隐36岁时，郑亚被贬到桂林任职，问他是否愿意同往。他几乎没有犹豫，立即答应。

与贬官同流，意味着已实在没办法，也意味着对仕途的放弃。

走了两个多月，李商隐来到桂林。他遥望5 000里外的京城，心中滋味复杂，有气愤，有伤感，有解脱，也有留恋。

让他雪上加霜的是，不到一年，郑亚再次被贬，他顿时失去职务。

他仰望苍天，悲不自胜。秋天，他再度回京。

由于境况潦倒，李商隐百般无奈，只好写信给令狐绹（令狐楚之子），请求帮助。

令狐绹断然拒绝，言辞冷漠。

李商隐只好自己折腾，总算得了个小职——盩厔县尉。低微的官职，渺茫的希望，让他极度落寞、凄伤。

一年9月，他忽然得到一个好消息，卢弘止去徐州任职，邀他同往。他立刻大喜，追随而去。

可是，一年后，卢弘止猝然病故，他再次失职。

让他更受打击的是，夏天的时候，妻子王氏也一病而逝。

王氏来自贵族之家，下嫁于他后，努力操持，无怨无悔。而他成年奔波求职，很少在家。这种聚少离多的生活，让他对王氏深怀歉疚。

李商隐极度痛苦，当他去散关就职时，遇到大雪，行走困难，寒冷难耐，夜里梦见妻子为他缝制寒衣，心如刀割。他提笔写道："散关三尺雪，回梦旧鸳机。"

公元851年，柳仲郢前往巴蜀，请李商隐任参军。李商隐11月入川。

这一次，他总算安定，在四年中，一切无恙。

但他回想一生的遭遇，始终抑郁。

他想念亡妻，也想念亲人、故友，一个深夜，他辗转无眠，写下了《夜雨寄北》："君问归期未有期，巴山夜雨涨秋池。何当共剪西窗烛，却话巴山夜雨时。"

平日里，他还常去佛寺，甚至打算出家。

四年后，柳仲郢回京。他感念于李商隐的遭遇，特意让李商隐当盐铁推官。这个官职，待遇颇厚。李商隐不再愁于度日。

李商隐写了很多诗歌，最多的，是爱情诗。

如《锦瑟》："锦瑟无端五十弦，一弦一柱思华年……此情可待成追忆，只是当时已惘然。"

如《无题》："相见时难别亦难，东风无力百花残。春蚕到死丝方尽，蜡炬成灰泪始干……春心莫共花争发，一寸相思一寸灰……"

其中的"一寸相思一寸灰"，仿佛灵魂泣血的呼喊。

李商隐的爱情诗，因渗透了官宦生涯

▼《风雪行路图》中，道路湿滑危险，行者赶路艰难

▶《洞天问道图》 一落魄文人
独往深山寺院，试图借助佛教安
定内心

坎坷的情绪，显得格外缠绵悱恻。这种风格，开启了诗坛
新的一页。

他还惯用含蓄手法，朦胧手法，成就了伤感唯美文学
的高峰。

在唐朝文坛，七言律诗有两座里程碑，一是杜甫创造
的，二是李商隐创造的。

李商隐诗歌的凄艳哀婉、细美幽约，为诗过渡到词，
打下了基础。

扩展阅读

韩偓为李商隐侄子，被誉为"香奁体"（艳诗）鼻
祖。战乱时，他屡次转移，萍踪不定，目睹了百姓流
离，写下现实主义诗句："千村万落如寒食，不见人烟
空见花。"

◎ 休休休，莫莫莫

司空图还很年轻时，就有了超前思想。但他性格内向，总是独来独往，因此，别人都觉得他不起眼。

有一天，他写了一篇文章，曲折地传到绛州刺史王凝手中，引起了重视。王凝觉得，他非凡庸之辈，遂极力推许。

不知为何，司空图还是不被留意，徒自寂寞。

司空图33岁时登进士第，王凝时任礼部侍郎，再三推举他，费了不少劲儿。他总算有些名气了。

不久，王凝被贬为商州刺史。司空图难忘王凝的知遇之恩，向皇帝请求，要跟随王凝同去。

王凝感动不已，待他愈厚，情义深重。

公元878年，司空图被任命为御史。他几番想走，但

▲《山居图》中，隐者带着侍童穿行花树间，与野鹤相伴

心念王凝，几番不忍离开。因他一再拖延，此职逾期被废，他被安排到洛阳。

在洛阳，司空图遇到了前任宰相卢携。二人彼此倾慕，时常同游。

有一天，卢携外出，恰好经过司空图的家。他爱重司空图，实在忍不住，便站在路边，提笔在墙壁上题诗，称赞司空图。

卢携再次担任宰相后，司空图便被授任礼部侍郎。

可是，就在这时，因王朝腐朽，义军奋起，攻入了京都，时局大乱。

司空图之弟，有个家仆，也参加了起义，并劝司空图也去参加。司空图虽愤恨朝廷腐败，但却断然拒绝，认为有违忠义。

在一片狼藉中，群臣四散，司空图回到家乡。一日，他打听到，皇帝流亡到了陕西，急忙奔去。

▼《山水田园图》中，隐者泛舟而行，船上有茶有酒

他冒着生命危险，穿越连天烽烟，找到了皇帝，被封为知制诰、中书舍人。

战事越来越激烈，皇帝不得安定，仓皇中，又速逃川蜀。司空图正在办事，来不及追随，皇帝已不见人影。

司空图只好又回家乡。

此后的20多年，他一直隐居。他见唐朝就要灭亡，心中非常沉痛，越发消极，既不和官府接触，也不和百姓接触，只一个人待着。

当地官员仰慕他名声，时常馈赠，他一次不收，全

部退回。

一日，有官员骗他写碑文，之后，送他几千匹绢。他不要，把绢堆在街上，任人拿走。

皇帝还惦记着他，几次召他，他都不去，说又老又有病，什么也干不了。

他还修了个小亭，名"休休亭"；又作了首小诗，反复咏叹"休休休，莫莫莫"，意思是，一切休止，不再出山。

每日里，司空图不是"将取一壶闲日月，长歌深入武陵溪"，就是写诗，写诗论。

《二十四诗品》就是一部诗论。书中，诗歌被他分为24种风格，如雄浑、冲淡、高古、豪放、缜密、疏野、清奇、悲慨、飘逸等。

这部不朽的理论著作，对诗歌创作产生了深刻的影响，为后世的文学批评指出了新的方向，对当代美学也有着指导作用。

司空图还说，"莫向诗中著不平"。意思是，诗越淡泊，滋味越浓。

公元904年，战火未息，义军定都洛阳，召司空图任礼部尚书。司空图不去，被强行征去。

到了任上，司空图佯装老朽，不能理事，又被放归。

四年后，义军用鸩酒毒杀皇帝，唐朝灭亡。司空图闻讯，当即绝食，数日后，呕血而死。

🕮 扩展阅读 🕮

李颀疏放厌世，爱描写音乐演奏，但从不正面写，而是用天地间各种声响描述，如"幽音变调忽飘洒，长风吹林雨堕瓦"。写得如此可闻可见、可感可触，他是第一人。

◎ 考场上救人

温庭筠40岁时开始考举人，一直考到55岁也没考中。原因既琐碎，又令人啼笑皆非。

有一次，他去应试，正赶上后妃与太子内斗，皇宫一片沸腾，他怕殃及自己，急忙躲避。这一避，就是整整两年，错过了考试。

还有一次，他进了考场，不仅自己答题，还帮其他考生答，扰乱了考场秩序。考官听说后，把考场弄得戒备森严，然后又把他安排到眼皮子底下答卷。他不满，大发脾气，闹腾半天。考官被他搅得头昏脑涨，一不留神，又被他帮了八个考生的忙。考官清醒后，暴跳如雷，把他的成绩全部抹杀。

考场救人，是不应该的，但温庭筠才能过人，仿佛管

▶《题竹图》 显示了文士的雅意脱俗和才思高远

不住自己，每次都忍不住去帮忙。

温庭筠落榜后，去宰相令狐绹的府邸当差。

一日，令狐绹告诉温庭筠，皇帝喜欢《菩萨蛮》，温庭筠可重新填词，献给皇帝。

温庭筠满口答应。对于他来讲，这等事儿，还不如尘埃大。

词填好后，温庭筠交给令狐绹。令狐绹把词当成自己写的，然后，嘱咐温庭筠，千万不要说出去。

温庭筠表示，绝不说漏嘴。

然而，令狐绹前脚刚入宫，温庭筠后脚就奔出门，四处传告，还沾沾自喜。

令狐绹大失脸面，气得直瞪眼。

温庭筠之所以如此不讲信用，是因为他瞧不起令狐绹，觉得令狐绹是个绣花枕头。

隔了几日，唐宣宗召见应试的人，温庭筠也在列。

当时，唐宣宗吟了一句诗，内有"金步摇"三字。他问应试者，可否对得出下一句。众人面面相觑，苦思冥想，对不出来。

温庭筠却不慌不忙地开了口，用"玉条脱"对之。

金步摇，是黄金制成的发钗；玉条脱，是玉制成的饰品。两两相对，天然契合。唐宣宗喜出望外，连忙进行赏赐。

令狐绹立在一旁，压根没听明白，满脸迷茫。事后，令狐绹问温庭筠是从哪听来的玉条脱，温庭筠说《南华经》里有。他说了这一句话还不算，又连讽刺带挖苦地说，《南华经》也不是什么冷僻的书，宰相闲着也是闲着，也该看点儿书。

令狐绹听罢，张口结舌，气得暴跳如雷，此后，便总压制他。

温庭筠才学虽高，但他总是如此，反倒落下了品行不好

▲唐宣宗喜爱诗文，促进了文学发展，图为唐宣宗出行、游赏山水

的坏名声。因此，他一直也中不了举人，只当了一个小得不能再小的官。

他在襄阳蜗居了四五年，又在江东游荡了几个年头，之后，又流至淮南。

他的文名，越来越盛，但潦倒依旧，性情也依旧。他不检行迹，随意浪荡，经常与人赌酒、狎昵。

令狐绹不当宰相后，到淮南镇守。温庭筠想着令狐绹当年曾压制自己，心里有气，便不去看望。

温庭筠贫穷困顿，连吃住的地方都没有，便以酒遣愁。

一日，他醉得不太清醒，夜间乱闯，被巡逻兵逮住，狂打耳光，牙齿脱落。

他又气又羞，直接去找令狐绹，说令狐绹的兵蛮横无理。

令狐绹对他很冷淡，几乎不与他交流，也没惩处士兵。

至于士兵们，则夸大其辞，渲染温庭筠的丑迹。流言传到京城，引起震动，街上疯传，说他50多岁的老翁，因形迹不端，被打断牙齿。

温庭筠只好回到长安，致书群臣，说明原委，为自己伸冤。

温庭筠留京后，入国子监。他主持公道，选拔人才时看才智、不看背景。但这导致了一些权贵子弟不能入朝，引来了恨意。

在激怒权贵后，温庭筠被贬到方城。他年事已高，心情沉重，冬天来临时，死在了路上。

温庭筠抑郁离世，留给世人的，却是千古不朽的文学遗产。

他的诗——如"鸡声茅店月，人迹板桥霜"，为难仿之作。

他的词——如"小山重叠金明灭，鬓云欲度香腮雪；懒起画蛾眉，弄妆梳洗迟。照花前后镜，花面交相映；新帖绣罗襦，双双金鹧鸪"，今天仍被翻唱。

温庭筠的词，绮艳香软。这种风格，使他成为"花间派"鼻祖。

词，是诗的一种别体，在温庭筠之前，就已存在，但从未大兴。直到有了他，词才受到重视，被推举出来。

词，能够成为文学大观，离不开他的贡献。

他的文风，也为词定下了"婉约为宗"的基调。

他的许多词句，都被后世化用过。如他写的"江上柳如烟，雁飞残月天"，就被柳永演化为著名的"杨柳岸晓风残月"。

🔖 扩展阅读 🔖

刘长卿家穷，按他的话说，穷得只剩下一个好月亮。他爱写诗，其五言诗如"沙鸥惊小吏，湖色上高枝"，细淡缓味，被称"五言长城"。他另有"细雨湿衣看不见，闲花落地听无声"之名句。

◎ "三好皇帝" 的悲泣

李煜是个"三好皇帝"：心肠好，音律好，文才好。

他见不得犯人被判重刑，受不了百姓被冤枉，因此，常亲自查案。

闲暇，他还谱曲作律，或吟诗作词。每当这时，他总要周皇后陪伴。

周皇后貌美，肤色若闪着莹光的雪，眉毛纤纤，月牙儿一般。她还会打扮，发明出许多时尚发式，或把头发高高叠起，或把鬓发翘成花朵的样子。更重要的是，她也精通音律，随口便能谱曲。

帝后二人日日凑在一处，研究音律，甚为相得。

唐朝有个《霓裳羽衣曲》，唐朝灭亡后，此曲失传。李煜心痛不已，令人搜寻，只得到

▲华贵雍容的宫廷女子，此为
《仕女图》

残谱，但乐师始终未能修补好。他便和周皇后亲自工作，翻阅典籍，搜寻旧谱的蛛丝马迹，然后，根据推理，增删修改，使新曲"清越可听"。

监察御史张宪不满，觉得皇帝致力于如此小事，实在不像话，便直言进谏。

李煜听后，立刻赐帛30匹，奖励张宪敢于犯上。

可是，由于他真心热爱音乐、文学，还是痴迷不止。

李煜是南唐的皇帝，在他继位之前，王朝就已朝不保夕。一个庞大的武装集团——即将崛起的宋朝，威逼而来，占据了大半河山。

李煜百般想办法，但因大势早就形成，难挽狂澜。他惴惴不安，担心宋军袭来时，会烧杀百姓，便忍着屈辱，派人向宋进贡。

他用这种方法，还换回来1 000多个战俘，让他们各自回家。

公元963年，宋军就要兵临城下，李煜分外焦急。

第二年，又发生了一件让他惊心的事。

周皇后生病，卧在瑶光殿，其子跑出玩耍，惊到一只猫。猫猛地一蹿，把一盏巨大的琉璃灯碰掉。皇子只有四岁，吓得说不出话，竟至夭折。

周皇后万分伤感，病情加重，汤药难进。

初冬一日，周皇后气息微弱，与李煜作别。然后，她勉强撑持，沐浴更衣后随之长眠，年仅29岁。

李煜哀痛至极，把她最爱的琵琶作为陪葬，又写文悼念。

他吃不下，睡不着，几天内，就变得形销骨立，不扶杖，已站不起来。

公元971年，宋军所占领土地越来越多，李煜恐惧，不敢再称"皇帝"，而改称"国主"。

有一个爱国商人刺探到情报，说宋军建了千艘战船，可派人秘密焚烧。

李煜犹豫不决，因害怕惹祸，最终未作回复。

他忧心如焚，每日只与群臣酣饮，忧愁悲歌。

公元975年，宋军围攻金陵，李煜派一名大将率兵拦截。这位大将奋勇而往，去烧宋军大船。但令人震惊的是，在这生死关头，突然刮起北风，大火转向，烧向自己

的军队。

李煜也惊得目瞪口呆。他见金陵城内粮食不足，死者成山，便向宋军求情。

宋军拒绝，说卧榻之侧，不容他人鼾睡！

12月，寒风怒吼，金陵守将们拼命死战，力尽殉国。李煜噙泪投降，南唐灭亡。

▼《观月图》中，人物远望明月，无尽怅惘

李煜被看押起来，囚徒的生活毫无尊严，倍加屈辱。

亡国之痛，让他终日以泪洗面。早晨起来，他泪眼模糊。到晚上的时候，还是泪落不止。

他不忘故国，心念故土，夜夜无眠，只是看着残屋、孤灯发呆。

被俘之后，李煜的思想发生巨变。他深刻地悟到人生的苦难、无常，深刻地感到国破家亡的凄怆。

他的词，不再是花前月下，而是故土之思、亡国之恨；他的词风，不再是清雅活泼，而是血泪凄怆。

如——"四十年来家国，三千里地山河……"

如——"小楼昨夜又东风，故国不堪回首月明中……"

如——"梦里不知身是客，一晌贪欢……流水落花春去也，天上人间。"

如——"剪不断，理还乱，是离愁。别是一般滋味在心头。"

在李煜之前，词多是写男女情爱，好像靡靡之音，是助兴的玩意儿。李煜失国后，极度的痛苦让他开辟出新的领域。

词，变成抒发胸襟的载体。词风，也从红香翠软，拓展为清丽疏朗。

亡国之痛让李煜成了宋词的开山祖师，这是他万万想不到的。

在被俘两年半后，他被毒死。

扩展阅读

韦庄在川蜀时，见县令惊民，愤然斥责。时值战乱，压根没人顾及百姓，韦庄此举，引人感动。其诗《秦妇吟》有1666字，为唐朝最长诗，代表诗歌叙事达到了新高度。

第五章

宋辽金元，繁华如梦

宋朝时，各种文体怒放，词的风头最盛，堪称"一代之文学"。词人及词作，为唐朝五代的20~50倍，惊绝世人。随着市井繁华如梦，市民文学（包括话本）陡然兴盛，为划时代的大事件。辽金二朝，少数民族当政，文学质朴刚健。至元朝时，曲的黄金时代来临。文学更加自觉、理性。

◎宋朝第一人

▲著名政治家、文学家范仲淹小像

范仲淹两岁时，父亲辞世，母亲穷而无依，只好琵琶别抱，再嫁他人。新家姓朱，范仲淹被改名为"朱说"。

朱说在澧泉寺修读，最是贫窭。他寄宿在僧舍，发明了"划粥断齑"的办法，来解决口粮问题。

每日，他取2升粟米，熬成稀粥；入夜后，将稀粥置于室外，凝结成块；次日，用刀将"固体的粥"切成4块——2块作为早餐，2块作为晚餐。

菜也将就。他先取十几根韭菜，切成碎末，置钵盂中，然后，倒入清水，搅点儿醋汁，撒点儿盐，啖之。

物质上虽贫困，但在精神上，他是自由无忧的。他压根不清楚自己的身世，直到他23岁那年，才听说自己不叫"朱说"，而叫"范仲淹"。

他受到强烈刺激，陷入震惊、激愤、羞愧、惶乱中，犹如遭受寒流的侵袭，身心冰凉，惨淡黯然，又是感泣，又是伤怀。

在短暂的不安过后，他又迅速沉静，振作起来。

他决定，离开朱家，前往南都（今河南商丘）读书，改变命运。

他一个人前往南都，一琴一剑，单衣薄履。他母亲听知后，让人去追，追到了，他语出惊人地说："10年后登第，再来迎亲眷。"

范仲淹到南都后，入应天书院。

在五年的求学路上，范仲淹"布素寒姿"，持之以恒，不允许自己有片刻动摇，不给自己片刻闲暇。

他置身学舍一室，几乎日夜苦读，衣不解带。困乏时，不过囫囵而睡，随时醒来，随时讲诵。冬天夜读，疲惫已极时，他便以冷水洗面，让自己在刺骨的冰冷中保持清醒。

吃苦颇多，积累亦多。有了书论实腹，范仲淹更加笃定。

一天，皇帝行经南都，学子们纷纷跑去仰望，范仲淹却淡然不动。

同学相问，何以不出见皇帝？

范仲淹答："终归要见的，他日再见不迟。"

显然，范仲淹已做好职业规划，而当朝皇帝，就是他规划中的上司。

范仲淹27岁时，参加科考，一举及第，正如他预言的那样。

他的第一份工作，是广德军（今安徽广德）司理参军事，执掌讼狱之事。

为防止有冤假错案出现，他在审案时，极为认真，反复论证，再三推敲，仔细核实，用心甄别。

他还把争论之词和对案件的分析，记录在屏风上。屏

◀图中人物作别，依依不舍，尽显文人心思的细腻

风上密密麻麻，已看不到留白。

范仲淹的俸禄薄，唯一的财产就是一匹马。一日，穷到不得已处，为救急，他把马卖掉，步行到官署去。

范仲淹工作出色，40岁时，开始立朝生涯。

不过，因他敢于直言，屡次遭贬。

第一次被贬时，友人相送，赞曰："此行极光。"

第二次被贬时，友人又赞："此行愈光。"

第三次被贬时，友人盛赞："此行尤光。"

范仲淹大笑："前后已三光，不知要光到何时！"

有人劝范仲淹，以后可慎言。范仲淹表示，气节才最重要。为此，他写下《灵乌赋》，以"宁鸣而死，不默而生"明志。

《灵乌赋》是一篇哲理散文，不同于当时的柔靡文风，对散文改革，有积极作用。

公元1040年，范仲淹被调任西北前线。

他倾听将士们的叹息和渴望，了解他们的不易和苦楚。然后，在一个秋风瑟瑟、万木萧萧之时，提笔写下《渔家傲》："塞下秋来风景异，衡阳雁去无留意。四面边声连角起，千嶂里，长烟落日孤城闭……"

不久，他又写下《苏幕遮》："碧云天，黄叶地。秋色连波，波上寒烟翠。山映斜阳天接水，芳草无情，更在斜阳外……"

▲楼阁是古人常咏之物，图中人物正登楼而望，气象万千

这两首词，都是边塞词。在他之前，几乎无人用词描写边塞。

他是边塞词的创始人，其词，影响了豪放词、爱国词的发展，为词的世界，开辟出另一种审美追求。

范仲淹有个老友，叫滕子京，被人诬陷挥霍公款，不由得愤慨难平。范仲淹怕他气坏身子，甚为担心。一日，被贬到巴陵郡的滕子京重修岳阳楼，请范仲淹作记，范仲淹便写下《岳阳楼记》，以"不以物喜，不以己悲"等句劝勉滕宗谅。

《岳阳楼记》中，有记叙，有写景，有抒情，有议论，动静相合，为杂记中的一大创新。

其中的"先天下之忧而忧，后天下之乐而乐"，作为千古名句，迄今仍感人肺腑。

▲《山隐图》中，二友促膝而谈，一官一民，情义深重

不过，范仲淹的劝慰，没有起到作用。滕宗谅仍激愤填胸，难以释怀，时过半年，便撒手弃世。

范仲淹闻之，热泪沾襟。

范仲淹自己也年迈体衰，公元1052年1月，他请求离职。5月，便因肺病长辞。

范仲淹一生，忧国忧民，仁义有节，被称为"宋朝第一人"。

扩展阅读

宋朝作家中最长寿的，是张先（990—1078）。他成就不算大，但是个偏才，留有千古名句："云破月来花弄影。"他还写有"帘幕卷花影""堕絮飞无影"，均有"影"字，世称"张三影"。

◎ 望尽天涯路

公元1005年，在皇宫大殿，一场考试正在进行。

来自各地的考生，有几千名，多神色紧张，四顾不安。唯有一人神色坦荡，毫不畏怯。

此人便是晏殊。

晏殊挥洒自如，答卷神速。宋真宗见之，分外惊讶，赐他进士。

隔两日，宫内又举行诗、赋、论的考试。晏殊看题后，说："自己做过这些题，若再做，测不出真实能力。"

如此老实、坦诚，非常罕见。宋真宗大为赞叹，让他到秘书省任职，继续深造。

此年的晏殊，才刚刚14岁，还没有完全脱去稚气。

晏殊学习勤奋，交友持重，总是宽容大度，待人友好。皇帝器重他，当他母亲去世，他想辞职守丧时，皇帝都舍不得他离去，特意把他留在宫里，并一路升迁。

▼《山水图》中，树枝凋零，恰合晏殊"西风凋碧树"之句

到了公元1008年，晏殊做了太子舍人，后来，又入翰林院，升为左庶子。

皇帝总是询问晏殊一些事情，每一次，都把问题写在小纸片上，然后，把这方寸小字给晏殊。

晏殊看后，提出建议，写好奏疏，同时，会把那个小纸片一同密封起来，一起交给皇帝，从不泄露一丝一毫。

如此谨慎、严密，让皇帝惊喜交加，更加信任他。

公元1022年，晏殊31岁，宋仁宗当政。新皇帝幼小，只有12岁，朝廷暗流汹涌。晏殊便提出，由太后垂帘听政，由此稳定了局势。

然而，当他发现太后弄权、欺压皇帝后，又大胆地提出抗议。

太后盛怒，把他贬出京城。

晏殊先到宣州，又到应天府。其间，他大力发展书院，还邀请范仲淹到书院讲学。

晏殊多年行走宫廷，地位显赫，性情威严，但却生活简朴，待人以诚，平易近人，唯贤是举。除了范仲淹外，王安石、韩琦、欧阳修等，都得到过他的指导、荐引。

公元1032年，宋仁宗长大了很多，召回晏殊，升任参知政事，相当于副宰相。晏殊大力提拔有才干的人，使许多寒门子弟得以入朝。

▲《文会图》学者们姿态各异，但都有高贵风度

但太后仍在掌权，并肆意妄为。晏殊迎难而上，再次抗议，又遭贬谪。

如此，五六年的光景转眼而过。晏殊又被调到边境，对抗西夏。

西夏人人皆兵，强悍勇猛，是宋朝的心腹大患。晏殊全面分析军情，做出了军事改革，并对弓箭手进行严苛的军训，还把宫中积压的财物作为军饷，鼓励将士。这一系列举措，抑制了西夏的入侵。

公元1042年，宋仁宗已经亲政，晏殊被升为宰相。

到他60岁时，他久历官场，已颇为疲惫，身体也抱恙不适。

宋仁宗还是倚重他，让他为自己讲经释义，每五天来一次。

隔年，晏殊的病情加重，宋仁宗心焦，要亲自去探病。

▲晏几道写有"落花人独立"之句，此为《落花独立图》

晏殊听说后，立刻阻止。他让人捎信给皇帝，说自己年老病重，已不能做事，不值得皇帝为自己担心。

宋仁宗接到书信后，分外感叹。就在这时，晏殊死了。

宋仁宗很惊讶，赶紧前去哀悼。他非常自责，觉得晏殊卧病时，自己没能亲来看望。第二天，他索性罢朝，专门追悼晏殊。

晏殊是一个很好的政治家，也是一个很好的词作家。他的一生，一共写了一万多首词，有"宰相词人"之称。

他的词，语言清丽，声调和谐，就像他平日的闲雅、旷达一样。

如"无可奈何花落去，似曾相识燕归来。"

又如"昨夜西风凋碧树，独上高楼，望尽天涯路。"

他写富贵而不鄙俗，写艳情而不轻佻，开创了宋朝婉约派词风。

晏殊之词，还颇有个性。在伤春怨别中，他会掺入理智思考，使词既感性，又理性。

🪷 扩展阅读 🪷

晏几道是晏殊第七子，人称"小晏"。他轻视词，把词视为"薄艺"，视为取乐的小玩意儿。不过，他的词却写得很好，如"落花人独立，微雨燕双飞"，意境幽微。

◎抢手的词

柳永是个灵性之人，一日，他偶然读到一首词，刹那间心有所动，顿时爱上了词。

他开始深入学习、研究，走上了填词之路。

公元1002年，柳永打算进京参加考试。走到杭州时，他留恋湖山，挪不动步，写下《东南形胜》，其句"三秋桂子，十里荷花"，瞬间走红。

柳永一夜出名，自觉得意。

当他离开杭州，又到苏州，再到扬州，终到开封时，因一路闲逛，已时过五年。

京都繁华极盛，元宵节时，皇帝与民同乐；清明节时，踏青者浩荡如河流。柳永喜欢纸醉金迷的生活，觉得这里真是个好地方。

春考开始后，柳永踌躇满志，自信定然及第。

然而，宋真宗看了他的词，却觉得"浮靡"，严厉地谴责了一顿。

柳永大出意外，继而大为愤慨，不停地发牢骚。

第二年，他再次参加考试，却再次落第。

◀《元宵行乐图》，描画了京都开封的繁华场面

▼文人与歌伎并排就座，观看歌舞，此为古代市井文学一部分

刚巧，与他相好的歌伎虫娘，也和他闹别扭，不理他，这让他分外烦恼。

到了公元1023年，皇帝已更换为宋仁宗，柳永还是没考过。

等到第四次考试时，柳永自觉答得不错。可是，宋仁宗却不这么看。

宋仁宗喜欢儒雅之词，一见柳永写的是艳词，非常不高兴。

柳永在词中写了一句——"忍把浮名，换了浅斟低唱"，宋仁宗在做批示时，说，既然想"浅斟低唱"，何必在意这做官的虚名！

当即，柳永之名被划掉。

有大臣为柳永求情，宋仁宗不许，让柳永"且去填词"。

柳永愤愤不平，开始频繁出入青楼娼馆，为歌伎写词，然后还说自己是"奉圣旨填词"。

▲宋朝人所绘《观书楼》，表现了时人重学之风

他往来于街巷里弄，与平民交往日多，对平民女性的了解也逐渐增多。

正是这种经历，使他的词走向了平民化、大众化。词，不再为贵族所把持，不再是士大夫的专利，而是走向市井，亦雅亦俗。

柳永生活浪荡，心里却耿耿然。有一天，他决定，离开这个烦恼地。

临行，虫娘来送他。他拉着虫娘的手，泪眼模糊。

之后，他写下了著名的《雨霖铃》："寒蝉凄切，对长亭晚，骤雨初歇……执手相看泪眼，竟无语凝噎。念去去千里烟波，暮霭沉沉楚天阔……便纵有千种风情，更与何人说！"

他借送别之事，表明心事：自己哪怕有千种才情，也没用！

柳永坐船南下，以填词为生。他考不上进士，但他的词却很抢手，这让他不缺钱花，日子过得还不错。

可是，他的心，却是疲惫的，不快乐的。

漂泊日久，他重新振作，再返都城。

开封繁华依旧，而他却寂寥一人。他倍感伤怀，难过得没法待下去，赶紧又离开了。

公元1034年，宋仁宗将录取的尺度放宽。柳永闻讯，又跑回来，继续考试。

春天，花朵盛开，他的笑颜也展开了。他总算登了进士榜，虽然他已经50岁，但还是高兴得连连搓手。

2月，柳永到睦州任职。他干得很认真，睦州知州赞赏他，再三向宋仁宗举荐。宋仁宗想着他时常出入烟花柳巷，不像个样子，便不予理睬。

三年后，柳永调任余杭县令。他抚民清净，深得爱戴。

两年后，柳永调任定海盐监。他为政有声，被称名臣。

柳永当了九年地方官，都有政绩。可是，就因他眠花宿柳，始终得不到升迁。

直到范仲淹入朝后，他才得以回京。但他脾性未改，仍逮空跑去苏州玩了一遭。

历史上，柳永是第一个全面革新宋词的人。

在柳永之前，唐朝人写词，多为小令，罕见慢词。到了他这里，他一个人就创作了87首慢词。

宋词一共有880多个调，柳永发明或首次使用的，就有125个！

他的语言，也有大胆革新。

他用了很多白描，还掺杂了很多口语、俚语。

如《八声甘州》中，"争知我，倚阑干处，正恁凝愁"，

▶柳永擅作离别词，图为送别场
面，女子目送离人远去，目光哀凄

我，即白描。

如《定风波》中，"自春来、惨绿愁红，芳心是事可可"，可可，即口语。

如《蝶恋花》中，"衣带渐宽终不悔，为伊消得人憔悴"，消得，即俚语。

◎歇脚的小亭

　　欧阳修出生时，父亲已56岁，两鬓斑白。三年后，当他牙牙学语、蹒跚学步时，父亲离世。

　　家中顿时陷入困境，孤儿寡母相依为命，难以为继，便去投奔欧阳修的叔叔。

　　欧阳修的叔叔也不富裕，没法让他上学。好在他母亲受过教育，识字知书，每日教他学习。

　　因过贫，纸笔皆无。他母亲便折断荻秆，以之为笔，以沙地为纸，教他写字。

　　欧阳修的叔叔也时常看顾，教他念诵。

　　由此，欧阳修的童年，勉强称得上"学有所成"。

　　城南，有一户李家，多藏书。欧阳修得知后，便跑去借书。李家见他如此年幼，却这样嗜读，又好奇，又喜悦，不仅借书给他，还不时引导他几句。

　　欧阳修便抄读这些书。很多时候，书还没抄完，他已能成诵。

　　到了少年时代，欧阳修看雨能作诗，听风能作赋，写得还很老练，俨然成人。

　　他叔叔一见，大为快慰，对他母亲说："不必担忧家贫，此子有奇才，日后不仅能振兴家族，还会名动天下。"

　　他母亲不敢相信，高兴得热泪盈眶。

　　仿佛上天在和欧阳修作对，当欧阳修参加科考时，一连两次，都没考中。直到第三次，他才得了个第十四名。

▲《勘书图》 学者边审读文稿，边挖耳，情态生动

何以如此？

原来，是考官们刻意为之。

主考官晏殊认为，欧阳修是个罕见的才子，但锋芒太露，不如让他多吃一些亏，挫一挫他的锐气，好促使他真正成才。

这是一番难得的苦心。

▼杨万里写有"闲看儿童捉柳花"之句，此为《捉柳花图》

▼荷，代表清白节操，深为文士爱重，此为《高士临荷图》

欧阳修未中状元，但名次也不错，被授予官职，在洛阳任职。

欧阳修的上司，是钱惟演，非常爱护青年才俊。一日，欧阳修等人去爬嵩山，下午时，雪花忽降。钱惟演当即派人上山，送去厨子、歌伎，并告诉他们，府中无事，可饮酒赏雪，兴尽再归。

钱惟演离职后，继任者为王曙，年逾古稀，严格谨慎，与钱惟演迥然不同。

他见年轻人好游乐，甚为不满，责怪他们，寇准那样的人，都因为耽于享乐而遭贬，何况你们还比不上寇准，岂能这样！

众人不语。

欧阳修气盛，回嘴道："寇准之所以倒霉，不是因为享乐，而是因为年纪一大把了还不退隐！"

王曙一听，分明还有影射他不知进退的意思，气得说不出话来。

在洛阳的这段生活，因时间充裕，又无压力，欧阳修深入地研究了古文。这为他日后成为文学大师，打下了基础。

欧阳修28岁时，回京工作。告别了青春时代，他开始自觉地承担社会责任。

他见朝廷积贫积弱，忧心忡忡。恰好范仲淹倡议改革，他便大力赞成。岂料，保守派不乐意，暗中使坏，使他们遭到贬谪。

欧阳修被贬到滁州（今安徽）当太守。他为政宽简，把滁州治理得井井有条，百姓轻松自在。

他还写了一首《渔家傲》，专门描写滁州百姓的生活，大意是：夏天时，滁州的一些女子会去采莲。她们折下荷叶当酒杯，在船上饮酒。小舟漂荡，花气四溢，酒香浓郁，她们个个都两腮绯红。醉得不堪时，她们就在荷阴下迷糊小睡。很多时候，当她们睁开眼时，小船已搁浅在沙滩上……

在宋朝词史上，欧阳修是主动向民歌学习的第一人，造就了一股清新之风。这首《渔家傲》，就是如此。

欧阳修自己也爱喝酒，常醉得东倒西歪。

滁州有个僧人，与他交好，特意在山麓建了一座小亭，供他上山时歇脚。他常到亭中饮酒，便给小亭命名——"醉翁亭"，并写下《醉翁亭记》。

在散文的发展中，《醉翁亭记》具有符号性的意义。它不刻意追求对偶，打破了限韵的规定，行文自由自在；它的文风，平易近人，接近现实，标志着散文的成熟。

此文诞生后，欧阳修迎来了盛誉。不过，这并未改变他继续遭贬的命运。

滁州任满后，他被调任扬州。他有些忧郁，但依旧认真处事。同时，他也依旧好酒。

每年夏天，他都会邀约一群人，执壶聚饮。他让歌伎拿着荷花，一一传给来客，传到谁手中，谁就摘掉一片花瓣，最后一片花瓣落到谁手，谁就饮酒。

这种雅乐，着实令人陶醉。

扬州任满后，欧阳修又被贬到颍州（今安徽）。他照样寄情诗酒，努力追求快乐。

颍州任满后，他又被贬到其他地方。临行，府吏和百姓都来相送，纷纷抹泪。他怕他们伤心过度，便安慰道，自己还会日日醉饮，乐子多着呢。

在被贬多年后，公元1049年，欧阳修终于回朝。

他的诗文，已经遍及天下。皇帝派他带人出使辽国，辽国官员召歌伎助兴。使团成员都觉得，辽国边远，歌伎无见识，一定只会唱些粗陋小调。岂料，歌伎一开口，登时震惊四座——所唱皆为欧阳修的词。

欧阳修也未想到，自己的影响，竟如此之大。

公元1054年，欧阳修又遭贬谪。圣旨刚下，宋仁宗又有些后悔，等欧阳修来辞行时，便说，先别走，留下来修《唐书》。

▲《松壑图》中，山间有小亭，亭中有文人坐饮，雅意浓郁

欧阳修便做了史官。这个职务，他得心应手。但因许多人都参与编撰，他要统筹全稿，总要弄到深更半夜。

一日，他注意到，编撰者们偏爱古风，但总是走极端，写得生僻难懂，空洞无物，尤其是宋祁，宋祁负责写列传，专爱用生僻字，十分拗口。

可是，他没法批评宋祁，因为宋祁年长，资历深，是他的前辈。

当然，他也不想敷衍了事。怎么办呢？

他使了个小伎俩。

第二天，他在门上写下八个字："宵寐非祯，札闼洪休。"

宋祁进来时一眼瞅到，站着琢磨了半天，才悟出是何意思。他大笑起来，说这不就是"夜梦不祥，题门大吉"的意思嘛，怎么写成这样！

欧阳修也笑，说正在模仿列传的笔法。

宋祁一愣，顷刻，领会了欧阳修的意思。此后，他再书写时，便通俗起来。

公元1057年，欧阳修任主考官，发现追逐古字的人还很多。有个叫刘几的人，就总是玩弄生僻字词。

欧阳修想要扭转这种不实在的文风，便没有录取刘几。

刘几不服，撺掇了好几个学生，叫嚷着闹事。他们还冲到街上去，准备拦截欧阳修，狠揍一顿。

皇帝得知后，下令制止刘几，并坚定地支持欧阳修。

时间证明，欧阳修的文学观点，是符合历史规律的。

后来，刘几在深思后，也大力改过，重新参试，终被录用。

晚年，欧阳修经常拿出年轻时写的文章，再三修改。老妻劝他，牙都快掉没了，还费这个心，莫非还是小孩子，怕先生骂！

欧阳修说，不怕先生骂，却怕后生笑。

正是这种严谨的态度，成就了欧阳修一代文豪的盛名。

欧阳修不仅革新了文，革新了词，也革新了诗。他还提出，文学并不虚无缥缈，而是有实用价值，其形式与思想，一样重要。

这种观点，提高了文学的地位。

在文坛上，欧阳修还是一位伯乐。他竭力推荐真才实学者，使一大批人脱颖而出。在"唐宋八大家"中，共有六个宋朝人，另外五人都因他的推荐而名世。

扩展阅读

杨万里之诗，很小很活，如"日长睡起无情思，闲看儿童捉柳花"。他还把哲理诗幽默化。暮年，他得知朝廷要打仗，哭叹"找死"，遂不眠不食而死。事后，其言成真。

◎ 生死两茫茫

公元1057年，官内举行过礼部省试后，欧阳修开始阅卷。

当他看到一篇文章时，凛然一惊——答卷写得奇好，他读着读着，竟不自觉地出了汗。

是谁写的？

因试卷上的名字都被糊住，他歪头思忖半天，认为是自己的门生曾巩写的。

他很开心，但在作批示时，又有些踌躇。

他想，他如果把自己的门生取为第一名，恐怕会招来闲话。于是，他决定委屈此文，让其位列第二。

他没有想到，此文的作者并不是曾巩，而是苏轼。

真相大白后，欧阳修又惊又喜。

礼部考试结束后，皇帝又举行殿试，苏轼依旧轻松获选。欧阳修大赞：可喜可喜！

欧阳修大力支持苏轼，然而，苏轼的为官生涯却显得

▲北宋文坛领袖苏轼小像

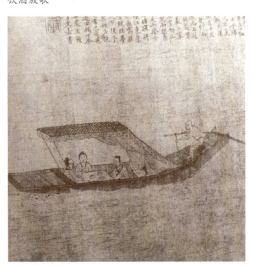

▼《后赤壁图》 游者观看赤壁，饮酒放歌

▼《夜游赤壁图》 人物游访赤壁故地，流连不去

很曲折。

入职不久，苏轼的母亲去世。苏轼只能离职，回乡奔丧。

三年后，服丧期满，苏轼回到开封，出任大理评事、凤翔府签判，到陕西赴任。

上任四个月后，悲讯又一次传来——妻子王弗病卒。一年后，父亲也溘然长逝。

苏轼再度回乡守丧。

数年间，苏轼来来去去，几乎没有消停。当他再度回朝时，朝廷形势已变，宰相王安石正在施行变法。

苏轼觉得，变法过于激进，便表示了质疑。而皇帝却渴望改变，他见苏轼反对，便把苏轼贬到杭州。

苏轼的凄苦之路，由此开始。

从贬谪第一日起，他的地方官一共当了八年。而且，是二千石之官，太守级别，待遇很差，与最低级只差一级。

苏轼内心苦楚。他渴望施展才华，却被阻隔在遥远的乡镇。

公元1075年，他写了一首词《江城子》："十年生死两茫茫，不思量，自难忘。千里孤坟，何处话凄凉……相顾无言，惟有泪千行。料得年年断肠处，明月夜，短松冈。"

这是悼念妻子王弗的诗。王弗16岁嫁给苏轼，26岁病逝，当时苏轼29岁。等到苏轼写下这首词时，苏轼已39岁。他以如此凄苦悲凉的语调，缅怀亡妻，字字血泪，表达的是一种被阻隔的心境，也反映了他仕途不顺的极度痛苦。

《江城子》言语朴实，近似白话，但写实情真，动人魂魄。

在苏轼之前，从无人写过悼亡的词，苏轼开创了第一。他开拓了词的领域，提高了词的品格。

这是贬谪带给他的一个收获。

在学术上，苏轼反对专断，主张独立思考、自由创作。

▲《苏轼归翰林院图》 苏轼被贬后回朝，在簇拥中晋升

▲图中，苏轼持笔而望，欲在石壁上题字

当他注意到，变法的条例中，有钳制思想的倾向时，便写下诗文，进行告诫。

变法派大恼，断章取义地摘出几个词句，作为反对新法的隐语，奏报皇帝，说苏轼愚弄朝廷。

就这样，苏轼又被罢官，贬到黄州。

黄州位于今天的湖北黄冈，为荒凄落后之地。

苏轼21岁入职，接连经历丧事，到34岁，才获安稳，但又因反对变法而被贬。当他远奔黄州时，已经45岁。

在黄州，苏轼挂着一个闲职，没有俸禄，经济困窘，连住处也没有。

他先在僧舍借住，后虽迁走，仍饥寒交迫。

叵测的遭遇，让苏轼未免落寞。但他并未沉沦，而是更加豁达、宽容，雄才大略仍在。

为应付难关，苏轼极为节俭。他把钱挂在屋梁上，规定每日所用，绝不多取一文。剩下的一星半点，被他放到大竹筒里，攒起来，等有客来时打酒。

这种用钱方法，使他"胸中都无一事"，每当想起，就会"掀髯一笑"。

苏轼的文采传遍天下，这让他朋友众多。虽然众友都穷，但谁也穷不过他。因此，一个穷书生朋友向官府申请了一块地，让他耕种。

这块荒地，位于黄州东部，苏轼取名为"东坡"，他也自号"东坡居士"。

在黄州，苏轼虽有个空职，但还是"罪人"的身份，环境仍然凶险。他曾一度惊魂不定，梦见自己被关在大牢中。

为了抚慰精神，苏轼混杂在渔夫、樵夫中，深藏足迹。

他时常和渔樵聊得兴起，喝得大醉不堪，彼此推来搡去，亲热地骂着粗野脏话。

他很高兴，觉得如此一来，别人认不出他是谁，就能免去危险。

▲《蕉荫品砚图》 苏轼把玩石砚，兴致盎然

不过，变法派还在监视他。一日，有人谣传，他要谋反，已驾舟长啸而去。

这话吓坏了知州。知州相当于现在的市长，要掌控苏轼的行踪。他心急如焚，十万火急跑到苏轼住处，一看，苏轼正鼻鼾如雷，还未睡醒。

知州这才放了心，松了一口气。

面对如此处境，苏轼逐渐处之泰然。他用写作来调试内心，使自己精神"至乐"。

黄州境内，流经长江，苏轼常临水远眺，或泛舟江上。他望着滚滚江水，想起一生抱负，俯仰古今，浮想联翩，写下《念奴娇·赤壁怀古》："大江东去，浪淘尽，千古风流人物……乱石穿空，惊涛拍岸，卷起千堆雪。江山如画，一时多少豪杰……"

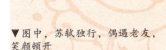

▼图中，苏轼独行，偶遇老友，笑颜顿开

这首词，雄浑苍凉，气象磅礴，被誉为"英雄本色"。

词中，有写景，有写史，有写情，撼魂荡魄，为"古今绝唱"。

在宋朝词坛，缠绵悱恻一向为主调，但苏轼对此进行了大刀阔斧的改革，打破了"艳科"的传统，造就了词的宏大境界。

词，原本是音乐的附属品，被视为"小道"，现在却因他的改革而独立出来，成为一种新的抒情诗体，一条冲天"大道"。

这种成就，是历史性的。

▼开辟豪放派词风的苏轼

东坡先生像赞

岷山峨之江水所出钟为异人生
此王国秉帝杼机繿繺万物其文
如粟昂之有用其言猶河漢之無

扩展阅读

王安石变法失败后，退隐南京的半山，以诗文度日。他骤然闲落，每日骑着瘦驴溜达，有了时间琢磨字眼，写出"春风又绿江南岸"等传世之句，被称"半山体"。

◎ 诗的"眼睛"

衡州有个花光寺，寺内遍种梅花，冬日盛放，蕊冷香寒，别是幽美。

黄庭坚甚爱之，常去访花。他发现，寺中的仲仁禅师，时常流连梅树下，吟之、画之。

黄庭坚观赏了禅师的墨梅，见梅枝虬曲、疏影横斜，称叹不已。

▼《西园雅集图》 文人众多，包括黄庭坚、苏轼、秦观等名流

但他又对禅师说，画得虽好，"但欠香耳"。

黄庭坚之坦诚，可见一斑。

对于政务，黄庭坚也坦荡处之，从不徇私，光明磊落。

黄庭坚担任史官时，曾参与撰写《神宗实录》。这是一本写宋神宗的书，但有人认为，虽为实录，却有1 000多条内容不实。于是，黄庭坚等史官都要接受盘问。

黄庭坚在书里曾写下一句话，说皇帝使用铁腕手段，去治理一条小河，就像闹着玩儿一样。审问者便对他说，此话不实，是污蔑皇帝。

黄庭坚说，此事是自己当年亲眼所见，确实有如儿戏。

审问者又问他其他内容，他都据实而答，无一丝顾忌。

其他史官见他如此坦然，都赞他胆气豪壮。但他却因为没有粉饰皇帝，而被贬到黔州。

黔州是个苦楚之地，但皇帝还认为便宜了他，又把他迁到戎州。

黄庭坚压根不放在心上，犹如没事人，来来去去，从容自若。

当地的士子仰慕黄庭坚，纷纷和他亲近。他置身在士子中间，讲学不倦，怡然自乐。

公元1100年，宋徽宗即位，起用黄庭坚。

黄庭坚婉言谢绝，请求留在地方。宋徽宗便下诏，命他主掌太平州。

黄庭坚欣然上任，不想，九天后，仅因一件陈芝麻乱谷子的小事，又遽然被罢。

▲图中人物在树下观赏梅花，情趣清雅

黄庭坚没了官位，被命令去管玉龙观。从管一州，到管一观，黄庭坚心性依旧，自在超然。

有一个叫赵挺之的官员，与黄庭坚有过节，他见黄庭坚被罢，便想趁此机会落井下石。

赵挺之命人诬告黄庭坚，说黄庭坚写的文稿中，有对皇帝不敬之语，还对国家厄难幸灾乐祸。

结果，黄庭坚再一次被罢，连道观也不让管了，直接抓捕，管制起来。经过审讯，他被判有"幸灾谤国"罪。

黄庭坚被押往永州，听候圣旨宣判。不料，刚走几日，他便离世而去。

黄庭坚生前，创作了许多书法作品，也写了许多诗。其诗，注重用字。他要求"字字有来处"，每一个字，都不能轻易写、随便写，一定要千锤百炼。

他说，诗也要有"眼睛"，即"句中眼"，也就是后世所说的"诗眼"。

比如，他写的《题郑防画夹》："折苇枯荷共晚，红榴

▶《西园雅集图》集会中除了文士，还有许多歌伎

苦竹同时。睡鸭不知飘雪，寒雀四顾风枝。"一字一字都非常了得，风度不凡。

黄庭坚的诗学理论是：点石成金、脱胎换骨。这对文学发展影响很大，一定程度上甚至超过了苏轼。

苏轼运笔，大开大阖、变化莫测、结构复杂，很难学，因此，没能形成流派。而黄庭坚运笔，却有法度，有迹可循，容易学，所以，追随者多，创出了流派。

扩展阅读

范成大重感情，一次远行，乳母生病，他非常牵挂，认为人生在世，生离不如死别。他爱亲人，也爱诗，时常写些宁静淡远的句子，如"信步随芳草，迷途问小童"。

◎ 一片"丽字"

秦观是个伶俐的人，读书又多，抱负又大，年轻时，独自游历四方。

21岁那年，他目睹了百姓遭受水灾的惨状，深受触动，创作了两篇赋。

当他来到徐州时，正巧苏轼被贬在那里，他便前去拜谒。他说，自己宁可不见万户侯，也要见苏轼，这是唯一的心愿。

苏轼很欣赏秦观，赞他有屈原之才。二人欣然结伴同游，结下深厚情谊。

苏轼劝说秦观，既然身有才能，就要报效国家。秦观听从了，发奋读书，准备科考。

然而，命运仿佛在难为秦观，他一连考了两次，都名落孙山。

苏轼为他抱屈，写信勉励他，让他保持积极心态。

公元1084年，苏轼向人力荐秦观，使秦观在再度应试时得以考中。

苏轼回朝后，让秦观入国史院，担任编修。数年间，二人往来亲密。

宋哲宗当政时，朝中分为两个党派，一派想要改革，一派想要废黜改革。秦观很冷静，认为改革是良策，但在执行时，有些矫枉过正，产生了流弊。

因此，他也不同意废黜改革，说："那是因噎废食。"

他不阿附任何一派，这让他处境尴尬、危险。他遭到了两派的排斥。

公元1094年，在两派的暗中鼓捣下，秦观遭贬。此后，他又不断地被削职，被除名。

五年后，他已被贬到遥远的雷州。

▲秦观最爱描写船、水、草等景象，图为行旅远渡，意境颇美

秦观悲不自胜，又很气愤。年底的时候，他望着纷飞大雪，给自己写了一首挽词。

宋哲宗驾崩后，政局变动，贬官们被召回。秦观也被升迁。

然而，他已经49岁。多年的颠沛流离，让他贫病不堪，他刚走出贬地不远，便死在了路上。

秦观一生短暂，创作却多。他对婉约感伤词很拿手，被尊为婉约派一代词宗。

在写词时，秦观喜好"丽字"，琳琳琅琅，有若珠玉。

他还常用关于大自然的字，如飞燕、寒鸦、垂杨、芳草、斜阳、残月、远村、烟渚等，以烘托凄迷朦胧的意境。

秦观不仅词好，诗也好，散文也好。在文学史上，他的地位，无可撼动。

扩展阅读

姜夔的气质容貌，很清怯，似弱不胜衣，但笔力却似能扛鼎。家中到处皆书，无立锥之地。他酷爱"冷"字，写有"冷月无声""冷香飞上诗句""月上汀洲冷"等。

◎ 不管国家的"闲事"

钱塘有个人，嗜好读书，日夜不倦，但个性疏散，家事俗务一概不上心。这便是周邦彦。

宋神宗时，周邦彦为太学生。他见皇帝渴望改革，便歌颂改革，讨得皇帝欢心，得到升迁。

周邦彦精通音律，创作了很多新词调，写了很多闺怨词，极尽哀愁靡艳。

他还风流倜傥，与歌伎李师师相好，给李师师写了很多好词。

李师师原为染匠之女，襁褓中，母亲病逝，以豆浆活命，四岁时，父亲去世，无所归依，被收为娼籍。李师师钟情周邦彦，甚至想委托终身，与他双宿双飞。岂料，皇帝喜欢上了她。

宋神宗死后，宋徽宗继位。公元1116年，宋徽宗出宫微行，到妓馆、酒肆游乐，恰遇李师师，爱之尤甚。从此，宋徽宗常乘小轿幽会，若夜不归宫，次日不能早朝，便谎称犯了疮疾。

其实，皇帝夜宿娼妓之家，已是路人皆知，连后宫也有所听闻，只是皇帝自己不愿承认而已。

一个冬夜，周邦彦正在约会李师师，万未想到，宋徽宗不期而至。

周邦彦大惊，仓促之中，躲藏到壁后。

▼宋朝妓馆发达，文人多光顾，图为《携妓图》

▲《春游晚归图》 再现了宋朝
文人对娱乐游赏的爱好

宋徽宗带来一只新橙，是江南上贡的，在寒冷的冬天，显得很珍稀。他把橙子送给李师师，与她喃喃而语。

周邦彦躲在后面，全都听在耳中。等宋徽宗离开后，他钻了出来，乐不可支。

他把皇帝与李师师卿卿我我的情景，写成《少年游》："并刀如水，吴盐胜雪，纤手破新橙……"

时隔不久，宋徽宗又至，李师师便唱起了《少年游》。

宋徽宗一听，说的是上次幽会的事，不禁又惊又怒。当得知是周邦彦所作后，他为保护隐秘，立刻罢了周邦彦的官职。

▶宋徽宗多才，此为宋徽宗所绘《听琴图》

当日，周邦彦就被贬出了城。

李师师泪眼愁眉，憔悴不堪。宋徽宗不理，视若不见。

一时，宋徽宗问："他今天可有新词？"

李师师说："有《兰陵王》。"

宋徽宗让她唱一遍。听罢，他觉得周邦彦的确有才华，便又将其召回。

不久后，时局大乱，金人铁蹄入侵，宋朝岌岌可危。宋徽宗自顾不暇，再也没有闲情搭理李师师。李师师就此湮没在历史中。

至于周邦彦，他却还是一如少年时，不管一切闲事，就连国家危急的分内事，他也如闲事般，引不起一点儿关心。在王朝衰亡的时刻，他不仅没有一丝担当，反而与奸臣同流，辱没名节，还作词唱和，毫无忧虑。

"叶上初阳干宿雨、水面清圆，一一风荷举。"这句彰显着他"清圆"词风的著名句子，就是他在战乱中写的。他眼见国家内忧外困、兵事不断，却还有闲心赏荷，这份自在悠闲，十足令人叹息。

不过，作为一个词作家，他倒的确是成功的。

他是婉约词的集大成者，并以旧翻新，推动了词的发展。

他深谙音律，发明出整饬字句的格律，开了格律派的先河，既扩展了音乐领域，又深化了文学领域。

扩展阅读

吴文英一生困顿，心思曲折深密，写诗时，尤爱怪字，如"箭径酸风射眼，腻水染花腥"。意思是，寒风如箭，刺痛人眼；漂着宫女脂粉的水，染得野花都有腥味。

◎ 叩牙的声音

苏轼有个学生，叫李格非，诗文功夫了得。李格非有个女儿，叫李清照，也写得一手好诗文。因诗作直逼前辈，她还被称为"无愧于古人"。

少女时代，李清照随父居于开封。

▼《李清照小像》 清朝画家姜埙所绘

▼唐宋文化繁荣，多有女子读书者，此为《蕉荫读书图》

置身在北宋的文化中心，李清照跃跃然，写了很多词，有一首是："昨夜雨疏风骤，浓睡不消残酒。试问卷帘人，却道海棠依旧。知否，知否？应是绿肥红瘦。"

此词一出，引来众多评论，李清照被视为词坛新星。

她还写了关于唐朝安史之乱的诗，以唐朝之事，警示宋朝统治者。

她本是一个初涉世的女孩，却能以如此胸怀关心国家社稷，让人更加刮目。

李清照18岁时，嫁给太学生赵明诚。二人的父亲，都是朝廷高官，但家风寒俭，依旧贫困。

二人最常光顾的地方，就是当铺。换得钱后，他们便径去集市，寻买碑文，相对展玩。日子虽简，却无忧无虑。

两年后，赵明诚入仕，经济略有好转，但俭朴如故，钱物都用来收罗古文奇字。

有时候，他们挤在集市中，遇见珍稀字画或奇器，若钱已花光，便脱下衣裳当卖。

不幸的是，李清照出嫁第二年，其父被牵连到一桩案子中，贬离了朝廷。随着案件的扩大，李清照也受株连，被命令迁离京都。

李清照心绪哀愁，哭泣哽咽，与赵明诚诀别，返回家乡。

两年后，朝廷大赦，李清照得以回京。她喜极而泣，感叹颇多。

然而，不过一年时间，灾难再度降临。

赵明诚一家又遭诬陷，赵明诚丢了官，回到青州老家。李清照紧紧相随，一路颠簸，不离不弃。

在青州，25岁的李清照把屋室命名为"归来堂"，自号"易安居士"。

"归来堂"，出自陶渊明的《归去来兮辞》。李清照以此命名，是淡泊心性的表示。

这段时间，他们节衣缩食，搜求金石古籍。每得一本书，他们都要一起勘校，常常深夜才眠，蜡烛都已烧尽。

时常，他们还一边烹茶，一边指着满屋书籍互相考问，猜中者先饮茶。

一日，赵明诚外出，多时方归。李清照时刻盼望，便写了一首《醉花阴》，末句为"莫道不销魂，帘卷西风，人比黄花瘦"。

赵明诚读后，赞叹不已，但又不服气。为了胜过李清照，他闭门三日，废寝忘食，一气写了50首。之后，他把《醉花阴》夹在其中，请人评鉴。

友人看后，指了指手稿，说："只有这三句最好。"赵明诚探头一看，正是《醉花阴》最末三句。这下，他算是心悦诚服了。

李清照38岁时，赵明诚被调任莱州，李清照也跟随到任上。

六年后，天下大变，金人南侵，掳走皇帝。北宋就此灭亡，皇室后裔躲到江南，在仓皇中建立南宋。

事态非常紧急，南宋朝廷下令给赵明诚，让他去江宁府就任。

赵明诚连夜赴任，李清照则赶回青州，收拾典籍古玩。

由于东西太多，她装满15车后，还是装不下。无奈，她将剩下的典籍锁入10间房屋，然后，渡海离开。她刚走不久，金兵就奔杀而来，把10屋古书都烧成了灰烬。

▲图中仕女展卷而读，专心致志，神情迷人

李清照押运着15车书籍器物，一路行至镇江。当地烽火连天，镇江府已投降。李清照得不到保护，只能依靠自己，在战火中穿行。

她几经艰险，九死一生，半年后，终于抵达江宁府。赵明诚跑出来一看，一车未损，一书未失。

一路上的所见所闻，让李清照满腔义愤。尤其想到那些投降派，她更加不满。到了江宁府后，她总是冒着大雪，戴着斗笠，披着蓑衣，登上城楼远眺，关注战况，并写下很多铿锵之诗，讽刺投降派。

公元1129年，江宁府内，有人叛乱。深夜时分，赵明诚从城墙上拉下绳子，趁黑逃跑。反倒是他的下属，誓死抵抗，拼力击退了叛兵。

此事，出乎李清照的意料。她非常震惊，也深觉羞愧，对赵明诚未免冷淡。

不久，赵明诚被调任湖州，李清照仍负责转移家中之物。

临别，李清照问赵明诚："若遇兵祸，如何？"

赵明诚说："先丢辎重，再扔衣物，然后，依次是书、画、古器。"

在乌江，二人分手，相对无语，气氛尴尬。

乌江是项羽兵败自刎的地方，李清照心潮激荡，随口吟道："生当做人杰，死亦为鬼雄。至今思项羽，不肯过江东。"

这是一首五言绝句，每个字，都掷地有声，大义凛然，势如千钧，大气飞扬。

她表示，人活一世，生要做人中豪杰，死要做鬼中英雄。其爱国激情，溢于言表；其鞭挞之恨，振聋发聩。

如此有气魄的诗，由女子所作，这在文学史上，还是第一次，有横空出世的意义。此诗的忧患意识，也为辛弃疾派的崛起，打下了基础。

不过，对于赵明诚来说，听了这样的诗句，未免愧悔难当，深深自责。他一声未吭，驰马而去。

赵明诚郁郁寡欢，情绪低沉。途中，他又染上急病，竟撒手而去。

李清照始料不及，陷入深深的悲伤，大病一场。

三个月后，金兵席卷而来，李清照的书籍古器，一大半都化为云烟。她来不及痛心，捡出一些书帖典籍，向南逃去。

在颠沛流离中，典籍又散失了很多，还被偷盗了一些。

数年后，李清照逃到杭州。

久经离乱，她已百般伤痛。在走投无路中，她嫁给了张汝舟。

张汝舟觊觎她的收藏，婚后，发现收藏多已遗失，便一改面目，恶言不绝，拳脚相加。

李清照欲哭无泪，决心离婚。

她寻到张汝舟做过的一件错事——曾骗取官职，便向官府告发，请求离婚。

按照宋朝法令，妻子告发丈夫，即便丈夫有罪，妻子也要服刑三年。但李清照宁愿身居牢狱，也不愿与张汝舟朝夕相对。

离婚后，李清照被捕。经过翰林学士的大力营救，她

▲女子临镜梳妆，为常见的文学题材，图中仕女正在对镜梳妆

在关押九日后被释。

李清照从容而归。她没有沉溺于个人痛苦，而是把心思都用来关注国家命运。

她的诗句——"欲将血泪寄山河，去洒东山一抔土"，表达了她抗击金兵、收复失地的愿望。

她还写下《武陵春》词，以"物是人非事事休，欲语泪先流……只恐双溪舴艋舟，载不动许多愁"，来感叹国破家亡的辗转漂泊。

李清照堪称最伟大的女作家。她文学修养高深，思维大胆创新。她提出，写词要"别是一家"，不要跟风，不要模仿。

她写的每一首词，都有个性，屹屹然，为一大宗（婉约词宗），被称"易安体"。

她的语言，朴素而口语化，多用叠字，使词音律悠扬，节拍铿锵。

在《声声慢》中，她写道："寻寻觅觅，冷冷清清，凄凄惨惨戚戚……梧桐更兼细雨，到黄昏点点滴滴……"

开头的一大串叠字，与末尾的"点点滴滴"四个叠字，互相呼应，有一种牙齿叩击时叮叮咛咛的声乐感。

这种空前绝后的创举，千古唯一。

🎐 扩展阅读 🎐

蒋捷出身贵族，却不纨绔。宋朝灭亡后，他大悲大痛，不肯出仕，过起连寒鸦都不如的流浪生活。他写的"流光容易把人抛，红了樱桃，绿了芭蕉"，绝美之至。

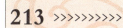

◎ 胸中十万兵

在北宋灭亡与南宋建立的间隙，在这动荡的两宋之交，陆游降生了。

国之不幸，家之流离，从他睁眼望见这个世界的一刻，就印刻在了他的生命里。

当他长大后，目睹金兵肆虐、中原沦丧，没有一刻不悲痛，没有一刻不激愤，没有一刻不想着夺回领土。

20岁时，陆游立下报国大志——"上马击狂胡，下马草军书！"

这一年，陆游还遭遇了另一件痛心事。

他娶了妻子唐琬，但因感情亲密、须臾不离，引来他母亲的忧心。他母亲怕他过分眷恋内室，会影响功业，便强令他休妻，另娶了王氏。

陆游遵母之言，全心备考。十年后，当他入京赶考时，在沈园，竟再遇唐琬！

陆游感伤至极，在墙上写道："红酥手，黄縢酒，满城春色宫墙柳。东风恶，欢情薄，一怀愁绪，几年离索。错！错！错……"

唐琬原本难过，见此题词后，泪如泉涌，秋天时，便抑郁而终。

这桩恋情，成为陆游的锥心之痛。他无法释怀，越发把心思放到国事上。

公元1162年，陆游入枢密院。他刻不容缓地上书，请求振军威，守江淮，夺中原。

宋孝宗正在宫中寻欢，见陆游上奏，

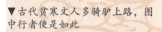

▼古代贫寒文人多骑驴上路，图中行者便是如此

▲《中兴四将图》 左二为抗金英雄岳飞，著有《满江红》，为反侵略战争名篇

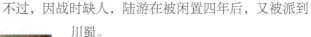

非常生气，把陆游贬到镇江。

陆游分外焦灼，再次上疏，说皇帝身边投降派太多，扰乱视听。

宋孝宗大怒，火冒三丈，又把他贬到金陵。

隔年，有人说，陆游还在喋喋不休，鼓动打仗。宋孝宗干脆把他贬为平民。

不过，因战时缺人，陆游在被闲置四年后，又被派到川蜀。

▼图中人物相对拭泪、小儿哭喊母亲，表现了战乱带来的悲痛

陆游乘船逆流而行，一路上，走了160多天，尽历风土民情，遂作《入蜀记》。

《入蜀记》是日记，也是中国第一部长篇游记。

陆游提出，美的自然，美的人文，两两相合，才是最美。这种观点，不仅影响了旅游美学、风景科学，也深化了游记创作。

陆游至蜀后，一日，忽见快马驰来，交给他一封急信。他展开一看，是南郑驻

军将领召请他。

他大喜过望，激动不已，独自奔往南郑。

到了军中，陆游草拟了驱逐金兵、收复中原的计划，并提出，要储备军粮、进行军训，力足便攻，力小便守。

他还前往多个阵地，勘查巡逻。

一时，军中大振，陆游的作战计划也被呈递给朝廷，请求批准。

皇帝不喜，当下便否决了。

这还不算，皇帝还觉得，南郑的将领都被陆游带坏了，没事就寻思打仗，便又下了一道旨意，把南郑的将领调回京城。

▲图中文士孤独而坐，倾听风声，神情寂然

这下子，陆游孤零零，无处落脚，只好离开军队，回到蜀地。

陆游无比忧伤。这段军旅生活，虽然只有短短的八个月，但却是他一生中唯一的一次亲临抗金前线，让他终生难忘，千般不舍。

在陆游的后半生，他无数次午夜梦回，都能梦见这段时光。

回到成都后，陆游得了个闲职。他骑驴上任，抑郁不堪，心情沉痛。

即便如此，他仍不忘国事。任何不起眼的琐事，哪怕一句话，一种声响，都能引发他的思虑。

一夜，他躺到榻上，听着风吹动窗纸，辗转无眠。他起身写道："夜听簌簌窗纸鸣，恰似铁马相磨声。起倾斗酒歌出塞，弹压胸中十万兵。"

陆游作诗，突破了传统。他认为，诗的真正源泉，不在书里，而在生活中，在一草一木、一鸟一鱼中，甚至在砍柴中，在担水中，在一只茶碗中，在一扇窗纸上。因此，他的诗，都是现实生活的反映，这是他对诗的贡献。

由于万物皆可入诗，陆游的诗，多不胜数，数量惊人，内容五花八门，历代罕见。在文学史上，只有他一人能如此。

陆游一生之志，就是夺回失地。因此，在被压制的岁月中，他依旧大胆上书，请求出师北伐，收复中原。

他由此开始了漫长的重复性的生活——不断地被贬谪，不断地被起用。一当他被起用，他便提出，要夺回中原，而一旦皇帝听了此话，便又把他贬斥到一边去。

到了公元1206年，宋宁宗当政，转机终于来到。

宋宁宗下诏，令宰相率兵，北伐金兵。陆游听到消息后，欣喜若狂。

出兵伊始，宋军以雷霆之势，收复大片失地。然而，宰相用人失察，内部出现叛徒，导致大军受制，最终，陷入孤立绝境。

宋宁宗又气又急，只好杀掉宰相，让人提着宰相人头，前往金国求和。

北伐彻底失败。陆游悲痛万分，忧愤成疾，叹道："国仇未报壮士老，匣中宝剑夜有声。何当凯还宴将士，三更雪压飞狐城！"

公元1210年1月，冬寒浓重，陆游的病情不见起色。

他挣扎着，持笔写下《示儿》："死去元知万事空，但悲不见九州同。王师北定中原日，家祭无忘告乃翁。"

这是他留下的遗言，告诉儿子，他日若北伐得胜，可在祭墓时告诉他。

弥留之际，陆游仍以国事为念，其情感天动地。

▲《放翁先生遗像》 陆游病逝时刻像

扩展阅读

"四灵"是个江湖诗人流派，由徐照、徐玑、赵师秀、翁卷创立。四人追求清逸，恨不能饱吃几斗梅花，以便写出冰清玉洁之诗。不过，看其诗虽爽，但感觉不饱。

◎ 没有妮子样

辛弃疾出生时，金兵已占领很多地盘，南宋朝廷缩在江南，苟延残喘。

辛弃疾的祖父痛恨金人，总带着他，登到高处，指画山河，想要和金兵决战。

辛弃疾受到感染，也有了豪侠担当之气，义薄云天之志。

平常，他见金人欺负汉人，胸中更是起伏不平，发誓要恢复中原、报国雪耻。

公元1161年，金兵大举南侵，一些汉人不堪战祸，愤然而起。时年，辛弃疾21岁。他也啸聚了2 000人，去参加起义军。

第二年，义军中出现了叛徒，义军将领被杀，义军溃散。辛弃疾大惊，得知叛徒投靠金兵后，带着身边的50多人，奔袭而去。金兵足有几万人，但他却奇迹般地捉回了叛徒。

辛弃疾押着叛徒，疾驰到江南，交给南宋朝廷。朝廷下令，游街，斩首！

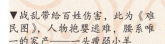

▼战乱带给百姓伤害，此为《难民图》，人物抱婴逃难，腰系唯一的家产——一头瘦弱小羊

辛弃疾的惊人之举，让他声名鹊起，激起了一大批慷慨之士。就连懦弱的人，也都振作起来。

皇帝感慨万端，召见辛弃疾，"一见三叹息"。

皇帝下诏，命辛弃疾为江阴签判。

这一年，辛弃疾25岁，对朝廷的怯懦、畏缩还不了解。

辛弃疾一腔血气，写了很多有关抗金北伐的建议。但朝中萎靡不振，虽然称赞他写得好，但从不采纳。

对于打仗，朝廷表现淡漠，只想享受眼下的安定。

不过，辛弃疾的才干却受到朝廷重视，他先后被调任多个要职。

▶《耕息轩图》，表现了文人白
日耕地、夜里读书的生活状态

可是，这并不符合辛弃疾的理想。他始终惦记着抗金复国。他曾和陆游相见，促膝而谈，激动得恨不能立刻拔剑而起。可是，现实却压制着他的激情。

辛弃疾一腔悲愤，用"斜阳正在，烟柳断肠处"讽刺朝廷，还把朝廷形容为"剩水残山"。

辛弃疾日夜渴望出兵北伐，苦盼到41岁时，愿望还没能实现。他不禁有了归隐的打算。

他想，自己性情刚烈、朴拙，终究也会像陆游一样，不被人所容。

果然，一个冬天，他被罢了官。此后的20多年间，他除了有两年出仕外，多数时间都在山村闲居。

辛弃疾整日游山玩水，饮酒赋诗。"我见青山多妩媚，料青山见我应如是"，就是在隐居时写的。

公元1195年，宋宁宗登上皇位。几年后下诏北伐，辛弃疾被召回朝廷。

好不容易等到这一天，辛弃疾精神一振。尽管已经64岁，他还是激动得不能自已。

他去见宋宁宗，情绪慷慨激昂，豪迈地表达了报国之心。之后，他亲自赶赴镇江前线，在烽烟中就职。

辛弃疾虽然主张北伐，但不主张冒进。然而，让他失望的是，主力军不仅冒进，内部还出现了嫌隙，出兵不久，就铩羽而归。

辛弃疾登上北固亭，远望云天，悲愤沉痛，怅然长叹。他写道："千古江山，英雄无觅，孙仲谋处。舞榭歌台，风流总被，雨打风吹去。斜阳草树，寻常巷陌，人道寄奴曾住。想当年，金戈铁马，气吞万里如虎……凭谁问，廉颇老矣，尚能饭否？"

这首《永遇乐·京口北固亭怀古》，豪壮悲凉，义重情深，为爱国主义力作。

◀历史上不乏壮怀激烈之文人，此《秋林驰马图》中，文人正快马疾驰

文学史上，爱国诗很多，爱国词很少，这是因为：诗，工整、短小、有力，更能表达激越情绪；词，参差、绵长、委婉，可传达细腻情思。而辛弃疾却打破了这个旧习，用词来表达爱国激情。

这是文学史上的一抹耀眼之光。它的出现，使爱国词派得以形成，使词的功能得到拓展。

自辛弃疾之后，每当国家有难、民族危急时，都会有人从他的词中汲取力量。

在历史上，这称得上是独一无二的。

辛弃疾的词，有沉雄豪迈的一面，也有细腻柔媚的一面，但"绝不作妮子态"，从没有腻腻歪歪的女子态势。这种独特的文风，也是开创性的。

辛弃疾的另一大贡献，就是扩大了词的题材。

他什么都写，连看花灯都写，如："众里寻他千百度，蓦然回首，那人却在，灯火阑珊处。"

公元1207年，辛弃疾68岁，染上疾病，卧床不起。

朝廷下诏，让他速回江南，入枢密院。辛弃疾挣扎难起，上书请辞。

入秋不久，辛弃疾离开人世，临终时，口中大呼："杀贼！杀贼！"

扩展阅读

汪元量住在江南，但风踪云影，行动莫测，非常神秘。他的诗，堪称"史"，记载了宋朝灭亡过程，再现了成百的宫女牵手跳水赴死的情景。纪实而又生动，催人泪下。

◎ 像雪一样静的人

在福建，有个年轻人，名严羽。他出生时，南宋垂危，距灭亡仅30余年。

虽为兵荒马乱之时，严羽却酷爱学习。他22岁时，还觉得自己什么都不懂，一日毅然离开家乡，冒着生命危险，前往江西，向儒师求学。

严羽的老师，已至古稀之年，教授三年后，便仙逝了。

严羽离开江西，开始游历。

一次，他受人举荐，做案牍工作。他觉得大材小用，浪费光阴和才华，便辞任而去。

到了湖南洞庭，严羽进入军营幕府，但仍掌文书。他颇不得志，再次郁郁离去。

前前后后，他一共漂泊了七年，将及而立之年。

公元1223年，严羽感叹时光易逝，返回福建老家。

六年后，战乱更甚，严羽的家被笼罩在战火中，他便离家避祸。

他在江西漂泊了近三年，吃穿窘迫，日夜颠沛。

一个冬天，他打算返回家乡，不再流落。

他在薄暮时分乘上小舟，小舟慢慢地荡去，两边是深深的芦苇、积雪，还停着落雁。他归家心切，听着一下下的桨声，分外焦躁，

▼《桐荫玩鹤图》　隐者与鹤两相对望，气氛安逸脱俗

感觉很厌烦。

他写道："暝色兼葭外，苍茫旅眺情。残雪和雁断，新月带潮生。天到水中尽，舟随树杪行。离家今几宿，厌听棹歌声。"

好不容易熬到家，严羽奔回一看，破屋未倒，顿觉欣然。

安顿下来后，严羽加入府学，主盟诗社，指导后进，形成了一个诗派。

他还写下《沧浪诗话》。

这是一部重要的诗歌理论著作，共五章：诗辨、诗体、诗法、诗评、诗证。

五章紧密联系，体系严整，在诗史上，从未有过。

▲古代隐者多手不释卷，此为《渔舟读书图》，人物在泛舟时还苦读不止

可以说，严羽开创了一个新时代。《沧浪诗话》不仅启迪了元朝诗人，还几乎笼罩了明清两代。这种殊荣，在历史上，只有他一人独有。

公元1239年暮春，严羽再次离家，前往瓜步（今江苏六合）。

瓜步的北面，是惨烈的战场，金兵和宋兵正在对峙。严羽驻足而望，心情复杂，叹息连连。

严羽此来，非为抗战，而是寻找表叔，请表叔看自己的手稿。

离开瓜步后，严羽来到南昌。一位友人苦苦挽留。严羽对出仕了无兴致，但友人不放他走，他有感于这份盛情，便暂且留下。

一年后，又是冬天，严羽向朋友告别，回到老家。

他在野外寻了一个地方，在那里隐居。他像雪一样静，像雪一样淡然。与其他隐士不同，他很少喝酒，几乎滴酒不沾。有人来访，也只待以清茶。

严羽看似淡泊，内心却也隐藏着思国之痛。一日，他忽然听闻，文天祥镇守南平去了。他眼睛一亮，激动起来。

在他看来，文天祥是真正有才干的人，能够力敌金兵。

于是，他拖着老迈残躯，离开山野，长途跋涉，前去投军。

但大势已去，抗金还是失败了。

严羽不肯投降，返回家乡，再度归隐，以全名节。

扩展阅读

文天祥皮肤白如玉，容颜清秀，眼睛澄亮如秋水。如此秀逸的外表下，却有着忠烈之魂。他以"留取丹心照汗青"自励，英勇抗金，失败后拒降被杀，视死如归。

◎40年写一书

洪迈七岁时，家中出了大事：他父亲身为礼部尚书，出使金国时，被拘押了。

父亲久久不归，家中凄惨。洪迈跑出门去，翘望许久，也不见父亲人影。

渐渐地，全家接受了这个悲伤的现实。洪迈开始跟随哥哥读书。

洪迈十岁时，金兵的攻打愈加激烈。他跟着哥哥逃难，避到浙江。

在衢州渡船时，洪迈站在一堵残破的土墙下，偶见墙上有诗，大意是，哪怕一滴油沾染了白衣，其斑驳，也使人疑；就是用所有的江水来洗，也不能回到没有污染之前。

▼《苏武牧羊》 清代画家任伯年所绘

洪迈读后，颇受触动，甚爱之。这种高洁之思，渗入他的灵魂。

公元1143年，洪迈的父亲被放归。因他被幽禁荒漠15年，坚贞不屈，尝尽艰苦，全节而归，被誉为"苏武再世"。

洪迈已22岁，见父时，泣不成声。父亲的节气，让他钦佩、自豪。他暗下决心，誓与金兵抗衡，绝不做有辱人格的事。

洪迈中进士后，先后入秘书省、国史馆、枢密院。

一年春天，金国派来使者，请求议和。朝廷同意请和，打算派人去金国，谈判议和条款。

群臣听后，默不作声。谁都知

道，金国不讲信义，此去凶险。

洪迈挺身而出，慨然请行。

皇帝大喜，当即同意。群臣也松了一口气。

到了金国都城，洪迈入住馆舍。但在晋见时，金人却要他行陪臣礼。

洪迈断然拒绝，宁死不从，因为他若行此礼，便表示，金国是南宋的主子。

金人大怒，把洪迈锁起来，重兵看押。从早到晚，不给一点儿饮食。

一连三日，洪迈又饿又渴，疲弱无力，但仍不屈从。

金国大都督火冒三丈，要把洪迈扣留下来，就像当年囚禁他父亲那样，把他囚禁十几年。

金国丞相表示反对。这位丞相认为，有其父就有其子，关押多少年都没用，都不会屈服，反倒成就了他们的节气，还影响和议。

就这样，洪迈被放出来，返回江南。

洪迈刚一回朝，群臣便对他怒目相向，说他有辱使命，白去一趟！

洪迈无言以对。

皇帝也不给他好颜色，把他贬了官。

洪迈当地方官后，没有泄气，而是建学馆，造浮桥，修河渠，便利人民。

在赣州时，洪迈听说，邻郡闹饥荒，便拿粮去救。有人阻止，说战乱中，粮食稀缺，要给自己留后手。洪迈笑道，今日你不救他，明日他不救你，岂是为人之道？

在婺州时，士兵强悍，将领不敢管。一日，郡中发衣服，士兵见不是丝帛所制，便大肆闹事。洪迈抓捕领头闹事者。闹事者便挑唆其他士兵，围攻洪迈。洪迈对士兵们说，他们几个是罪人，你们何必惹祸上身？士兵们一听，赶紧散去。洪迈便严惩了闹事者。此后，再无人敢无理取闹。

▲渡船是古人的重要交通工具，
图为渡水情景

事情传到宫内，新任皇帝宋孝宗听后，惊奇地说，万未想到，一个读书人竟能如此应变。

宋孝宗把洪迈召来，问他抗金之计。

洪迈提议，在淮东一带，修城池，屯军兵，立游桩，并补充水军。

宋孝宗觉得有理，便把洪迈留在朝中。

洪迈在朝时，参与了修国史的工作，还完成了《容斋随笔》的创作。

《容斋随笔》的问世，长达40年。洪迈把每日工作时所做的笔记，积累起来，形成了这部笔记小说。

此书，内容繁富，有经史，有诗文，有医卜，有星历，有典章制度，几乎无所不包。议论又极精当，为笔记小说中罕见的珍品。

扩展阅读

张孝祥才情清旷，"孤光自照，肝胆皆冰雪"。有一次，他在金陵赴宴，席间读词一首，抒发了对朝廷苟安的悲愤。读罢，人皆不语，眼含热泪，连宴席也中止了。

◎情，是何物

元好问是金朝人，出生半年多，过继给叔父。叔父极爱他，去哪儿都带在身边。

有一年，他叔父在陵川就职，听说陵川有位名士，便把他送去学习。

元好问少年时，他叔父被罢官，但为了他的学业，仍留在陵川。因无俸禄，他叔父日夜奔波，苦不堪言。

元好问16岁时，入京赶考。走到半路，他碰到一个捕雁人，望地发呆。

元好问很好奇，停下来问捕雁人，发生了什么事儿。

▼《歌乐图》中，金朝女子手持乐器，演唱诗词

▼小鼓的普及，也丰富了戏曲之声，带动了戏曲发展

捕雁人说，刚刚捕杀了一只雁，谁知，另一只雁悲鸣不止，竟一头栽下来，撞地而死！

元好问听了，异常感动。他掏出钱，把那只殉情的雁买过来。

他抱着雁，走到汾河边，挖掘土坑，哀然葬雁。然后，他又给雁立了一个小石碑，刻下"雁丘"二字。

元好问悼雁半晌，还是不忍离去。他默默地想，情，到底是什么，能教雁用生命去殉？

他有感于心，提笔写下一首《摸鱼儿》："问世间，情是何物，直教生死相许……"

这首传世之作，别具一格，显示了元好问深厚的文学底蕴。

然而，如此高才，却通不过考试。元好

问不死心，三年后，再次赴考，依旧未中。元好问自觉学识不足，便回家读书。他闭门不出，不与人接触，一意苦读。

他23岁时，蒙古大军来袭，大肆屠杀，十多万人死于非命。他的哥哥也死在乱军中。家中凄惶，惊慌而逃。

此时的金朝，在蒙古军的强攻下，已奄奄一息，但科考仍在进行。元好问惊魂稍定，又去应试。结果，又未考中。

元好问沮丧而归，沿途看到残军败将、百姓流离，情绪更加低落。

元好问25岁时，蒙古兵围攻京都，金朝皇帝出逃，躲到金陵。

元好问又奔去金陵，于秋天再考，第四次失败。

不过，在应试时，他结识了很多要人、名人，写诗甚多，如"寒波澹澹起，白鸟悠悠下"等。

元好问的诗歌，追求自然之美、情性之真，即便写得雄劲豪放，也不失之性灵、神韵。众人都呼他为"元才子"。

可是，当这位"元才子"第五次赴考时，还是考不中。直到他32岁时，才算中了进士，但却被诬为作弊。他愤然离去，放弃了进士的名次。

▼《摹天籁阁图》 少年翻读典籍，满脸喜悦

元好问很倔强，35岁时再次赴考，又中进士。这次，再无人散布流言。

元好问正式入职，但国亡在即，工作极为凄清，生活极为苦楚。

公元1233年，蒙古兵越逼越近，皇帝再次逃跑，元好问等人被困在城内。

情势紧急，元好问担心蒙古军屠城，便写了封信给蒙军，说城内有54个中原才士，杀之可惜，请保护他们，任用他们。

蒙古统帅见信后，没有回复，但

◄金朝为少数民族建立，图为出行的金朝人

也没有屠城，把那54个人都召了去。

金朝灭亡后，元朝建立。元好问作为俘虏，被元军押到山东。

时间一久，看押放松，元好问基本有了自由。由于他文名很大，元朝政府召请他为官，他无意于此，请求归乡，终被允许。

元好问痛心于金朝的沦亡，为了以诗存史，编著了《中州集》。

这是一部诗歌总集，收录了金朝250多人的诗词2 116首。他还为每个人写了小传，填补了此类空白。

扩展阅读

萧观音是辽朝皇后，懂琵琶、诗词。她以"威风万里压南邦，东去能翻鸭绿江"之句，反对皇帝耽于狩猎。后来，有人诬陷她与人私通，被幽禁、赐死，年仅36岁。

◎中国的莎士比亚

金朝灭亡时，关汉卿还是个儿童，尚不懂事，对亡国没有什么感触。

▲《杂剧图》中，伶人妆容细致，表演真切

元朝创立后，关汉卿和过去一样生活。他学习医术，长大后，进入太医院，当了一名御医。

关汉卿博学能文，又诙谐滑稽，无论别人说什么，都能机智应答。

他又风流倜傥，玉树临风，灵气逼人。

关汉卿能时时逗人笑，可他自己并不开心。元朝初立，把人分为四等，汉人是三等人，饱受一等人（蒙古人）的凌辱。而他身为汉人，难免要抑郁。

元朝此举，伤害了汉族文人的尊严，很多人都放弃了官位，致力于市井文化，元曲得以兴起。关汉卿见此，也离开了太医院。

那么，何为元曲？

元曲，即杂剧、散曲。杂剧，属于戏曲；散曲，属于诗歌。

关汉卿离职后，也打算写点儿杂剧、散曲。他想，杭州是南方戏曲中心，没准儿在那里能寻到好机会。

关汉卿和妻子万氏商量后，离开元大都，去了杭州。

在一条僻巷里，关汉卿安了家。院小屋破，幸亏有万氏打理，勉强能住。

一日，关汉卿打算写一个寡妇被欺的戏剧。在构思时，他决定，先以悲剧开端，然后，以喜剧收尾。

初稿写成后，他拿给万氏看。

万氏说，总是苦尽甘来，实在老套，干脆悲剧结尾，更为震撼。

关汉卿觉得有理，连连颔首。

万氏又说，戏曲和书不一样，戏曲是听的，书是看的，所以，戏曲要通俗，不必咬文嚼字。

关汉卿光顾着炫耀才华，没有注意到这一点，不禁面有愧色。

他听从了万氏的建议，在改写时，不再堆砌词藻，变得朴实无华。

就这样，人世间便有了一部伟大的剧作——《窦娥冤》。

《窦娥冤》是古典悲剧的典范，被称为"列之于世界大悲剧中亦无愧色"。

在《窦娥冤》中，关汉卿进行了大胆尝试，有浪漫的描述，有犀利的批判。

剧中的语言，用了很多土语、方言，个性活泼，意思鲜活，使人物活灵活现，被誉为元剧"本色"。

《窦娥冤》的问世，让关汉卿的生活有了转机。日子舒坦起来，关汉卿动起了别的心思——他想纳妾。

万氏发觉后，极度伤心。

万氏本出身富户，自从跟随关汉卿后，被拖累得单衣寒食，容颜憔悴，粗糙干枯。但无论多么艰难，她都患难

▼小巧的戏剧人偶，动作灵动、逼真

▼惟妙惟肖的戏剧人偶

▲元朝墓室中的壁画，上绘杂剧
表演中的乐师

与共，生死相依，没想到，最后却落得了这么个结局。万
氏心痛难忍，忍不住潸然泪下。

二人发生了争吵，关汉卿开始冷落万氏，深夜方归。

万氏左思右想，写下几行字，责备关汉卿，"不似关羽
大丈夫"。

关汉卿看了，知道万氏誓死不肯，沉思良久。最终，
他罢了纳妾之念。

关汉卿全身心地投入戏剧创作中。因扬州杂剧发达，
他还专程去扬州考察。

在扬州，关汉卿遇到了朱帘秀。朱帘秀是一个官妓，
也是杂剧艺术家。她的表演，独步于世。

关汉卿见了她，惊绝于她的容颜和表演，说她"出脱
得似个神仙"。他非常留恋，交往甚密，欲罢不能。

怀着对朱帘秀的向往之心，关汉卿的创作激情更加汹
涌。他接连写出了《单刀会》《望江亭》《救风尘》等杂剧。

他塑造的人物形象，千姿百态，个性迥然。在中国文
学史上，除他之外，还没有一个戏剧家能够如此。

他的杂剧，推动了戏曲的成熟。他成为戏曲的奠基者。

100多年前，关汉卿的《窦娥冤》等作品，被翻译到
欧洲，有英文、法文、德文、日文等译本，被尊为"东方
的莎士比亚"。

他的剧作，成为全人类的瑰宝，全世界的财富。

& 扩展阅读 &

完颜亮是金朝第四位皇帝，爱吟咏。他的作品，寒
光凛凛，杀气极重，如："虬髯拈断，星眸睁裂，唯
恨剑锋不快！"咄咄逼人，凶焰腾腾，有个性，有时
代性。

◎ "呸，却是你"

在河北定兴，有个叫王实甫的人。他爱看书，也爱游逛，生活清简，自得其乐。

元朝时，元大都是当时世界最繁华的都城之一。那里不仅有各种商铺，也有密密麻麻的娱乐场所，如教坊、行院、勾栏。

这些地方，都有红香翠软的名字，或叫"风月营"，或叫"莺花寨"，或叫"翠红乡"，许多官妓都在此表演杂剧。

王实甫经常在此消遣，对官妓非常熟悉。渐渐地，他能写一些"儿女风情"的戏了。

有一日，王实甫与一位官妓相会。官妓在春睡中，忽地醒来，模样娇嗔。王实甫印象深刻，觉得这情态既天真，又美好，还活泼。

他便提笔写道："柳花飞，小琼姬，一声'雪下呈祥瑞'，团圆梦儿生唤起。谁，不做美？呸，却是你！"

这首《春睡》词，写得委婉，"深得骚人之趣"，也是王实甫最拿手的风格。

他写了很多类似的词，被称为"花间美人"，颇受推重。

王实甫的一生，不富贵，也不坎坷，平平顺顺。

他的为官生涯，也很平淡，没有什么大起大落。

▲《西厢》故事图盘，左二为红娘　▲《西厢》故事图盘，张生与崔莺莺相会

▲《西厢》故事图盘，崔莺莺（左一）在持镜梳妆

▲《西厢》故事图盘，张生在赶考路上

▲《西厢》故事图盘，张生正翻墙而过（右一）

他心性澹然，不争什么，也不留恋什么。接近晚年时，他深觉仕途无趣，索性放弃，退居民间。

王实甫为人安静，他写的《西厢记》却闹出很大声响，刚刚问世，就引来追捧。官妓们争先表演。有人甚至把它与《春秋》相提并论。

何以如此？

原来，《西厢记》宣扬：爱情自由、婚姻自由！

这种正面的宣扬、大张旗鼓的宣扬，在文学史上还是第一次！它符合人性，顺应人性，因而，引发了强烈共鸣。

《西厢记》还开创了才子佳人的恋爱格局，后世的言情小说，大多遵循这一套路。

书中，主线索与次线索，紧密交织。诗词之美与口语之美，也被结合。如"碧云天，黄花地，西风紧，北雁南飞。晓来谁染霜林醉？总是离人泪"。

19世纪末，《西厢记》被译为拉丁文、英文，传到国外。

扩展阅读

张可久80岁时还在村里当小吏，连县令都当不上。但他怨而不怒，写了大量散曲，为元朝之最。皇帝赏月时，也令宫女唱其曲，如"百年浑似醉，满怀都是春……"

◎ 断肠的思乡人

一天清晨，天刚亮，马致远便出了家门，向元大都赶去。

他胸有抱负，想在仕途上有所作为，因而精神振奋。

入朝后，马致远勤谨事务，恪守职业，没有一丝过失。可是，让他失落的是，他始终得不到晋升。

他长久滞留在低微的职位上，无法参政议政，未免有些灰心丧气。

一日，他决定，与其消极地消磨时日，还不如积极地创造机会。于是，他写了一首诗，表明自己的大志，希望得到皇帝的重用。

马致远把诗呈递上去，忐忑不安地等待回音。

一日又一日，一月又一月，马致远的诗信，石沉大海，没有一句回应。

之所以如此，原因在于：皇帝对马致远的工作虽然很满意，但也认为，这是一个官员应该做的，没什么出奇之处。最重要的是，元朝是蒙古人创立的，朝廷更重视蒙古人。马致远作为汉族文人，自然很难得到推举。

马致远不仅没被重用，还被调离元大都，去江南当小官吏。

马致远眼见岁月流逝、仕途愈下，心中非常抑郁。

他的老家在京西，距元大都很近。他时常默默远望，沉寂无言。

他回想着，沿着家乡的一条山涧土道，就能东入元大都，还能西入深山。那是一条商道，也是一条兵道。道旁，还有嶙峋老槐、单薄的石桥，桥下的流水终年潺潺不息。秋天的时候，人若从那里走过，如置身画中。

在情绪低落的时候，马致远想起家乡，越发思念。

　　一个黄昏，他情不自禁，写下了《天净沙·秋思》："枯藤老树昏鸦，小桥流水人家，古道西风瘦马。夕阳西下，断肠人在天涯。"

　　马致远是散曲大家，有"曲状元"之称。他的散曲，清雅而不浓艳。这首《天净沙·秋思》便是如此，沉郁中，有通脱；飘逸中，有豪放；大俗中，有大雅。

　　马致远能淋漓地挥洒情性，被视为"豪放派"主将。他的作品，虽清婉，但也有疏宕宏放的气息。

　　马致远在文学上取得了成就，但并不能安抚他的心。他渴望被重用，却始终落空，这让他不能开怀。

　　他逐渐心灰意懒，开始发牢骚，说自己看破了世俗名利。

　　他又以隐士自居，又学习道教，以求解脱。而这一切，让元朝当政者更加淡忘他了。

扩展阅读

　　睢景臣嗜书，一直看到赤眼，不能远视。其散曲《高祖还乡》诙谐幽默，写刘邦出场——"猛可里抬头觑……险气破我胸脯"，原来，这汉子就是当年的无赖刘三！

第六章
明清的繁丽之巅

明朝立国约300年，和唐宋差不多。明朝作品多过唐宋，质量却不如唐宋，不过好在仍有巅峰之作。其中，有表现思想解放的《西游记》，有表现资本主义萌芽的《金瓶梅》。清朝时，人的思想受到控制，但作品却逆反似的更加开放，各种文体参差错落，繁繁簇簇，极尽绚烂。

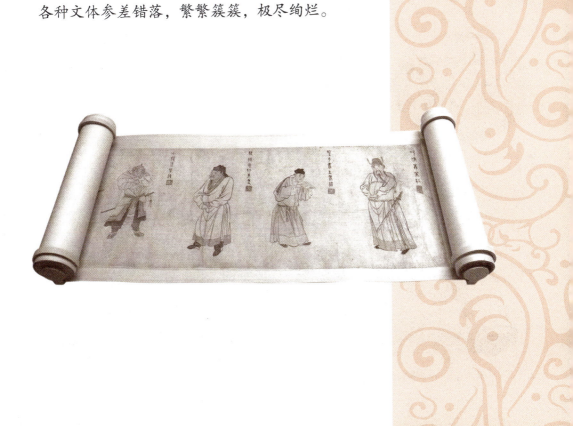

◎千奇百怪的译名

孔子有个弟子，名叫施之常，为七十二贤士之一。700多年后，在元朝，施之常有个后裔，在苏州求生。

此人生活艰苦，每日驾船摆渡，赚些小钱，勉强糊口。他有个儿子，叫施彦端，为他唯一的安慰。

施彦端伶俐多智，深得父望。因家里贫寒，他在幼年时，多靠自学，直到13岁，父亲辛苦攒了一些钱，才把他送入私塾。

他深知读书不易，分外刻苦，每读一字，都很珍惜。

施彦端19岁中秀才，29岁中举人，35岁中进士，被分配到钱塘县任职。

▲《水浒传》故事图杯，雍正年间所制

施彦端原本兢兢业业，当地的达鲁花赤（元朝的督官，负责督察官吏的工作）蔑视汉人，总是寻隙、找事，让他日日不得安宁。

施彦端饱受欺凌、干扰，心中愤然，却无处可诉。

▲《水浒传》故事图盘，雍正年间所制

随着元朝颓败、义军突起，朝廷乌烟瘴气、乱七八糟，压根不理这等"小事"。施彦端毫无办法，干脆辞官，拂袖归乡。

隐居时，施彦端以授书糊口，以著书度日。一日，他忽接一封书信。是义军领袖张士诚写来的。

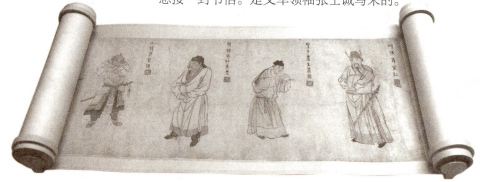

▲《水浒人物画卷》，人物各有特点，神态迥然

张士诚起兵反抗元朝，召请施彦端为军师。

施彦端厌恨元朝腐朽，几乎没有考虑，便接受了召请，开始了军事活动。

▲图中人物独坐竹下著书，四周清静，略显寂寥

让他没有想到的是，张士诚表面上为雄才，实际却为庸才，不仅不虚心，还好奢糜，见识又浅。张士诚本来是反抗元朝的，但不久，又向元朝投降。

如此见识浅陋、反复无常，让施彦端又惊又气。他百般劝说，张士诚却嫌他絮叨。

施彦端秉性清高，见此，便弃官而去。

他开始坐馆，在私塾授书。他招收弟子，其中一人，为罗贯中。此人后来写出了《三国演义》。

然而，烽火频仍，私塾很快便面临危险了。施彦端不得不中止教学，准备寻地避难。

他觉得，兴化不错，既偏僻，又四面临水、道路曲折，兵祸难及。

他在兴化有个友人，姓顾。他便提笔写信，让人送去，说自己"年荒世乱走天涯"，想到兴化安个家。

他的意思是，自己很穷，需要有人接济，帮他安家。

没几日，顾姓友人回了信，欢迎他去避难。

施彦端喜出望外，带着妻子、弟弟，还有学生罗贯中，赶紧上路。

他们穿行在战火中，冒着刀光剑影，乘船北上。

九死一生到了兴化，总算有了落脚之地。

在友人的帮助下，施彦端买了屋、地。那里，人烟稀少，一片幽静。他开始撰写一部奇书——《水浒传》。

其间，施彦端认识了形形色色的人，有砍柴的，有捞鱼的，有淘盐的……他把他们以及他们的故事，都融入书中，这才有了栩栩如生的108位豪侠。

写书是寂寞的，有时候，施彦端难免分心。一日，他出去游逛，来到一个庵中，见一只破旧的木鱼被珍藏着，分外好奇。

庵中人告诉他，此木鱼，为一老僧所用，老僧念经用心，木鱼被敲出凹陷，庵中珍藏它，是为告诫后人，要专心致志。

施彦端大受触动，觉得写书也要有此种精神，否则难成。

回家后，他在门上写下二字——"耐庵"，以此警示自己。

他还为自己改了名字，新名为——"施耐庵"。

有了锲而不舍的精神和决心，施耐庵最终完成了《水浒传》的创作。

▲《私塾图》中，塾师睡着，童子们纷纷淘气

历史上，这是第一部用白话文写成的长篇小说，开了白话章回体小说的先河。

18世纪，《水浒传》传到朝鲜、日本，19世纪，《水浒传》传到欧洲、美国，阿根廷作家博尔赫斯点评《水浒传》，认为它有"史诗般的广阔"。

《水浒传》的译名有很多，在德国的译名为《强盗与士兵》，在法国的译名为《中国的勇士们》，1938年，诺贝尔文学奖得主赛珍珠翻译它，译名为《四海之内皆兄弟》。

此外，它还有各种各样的译本，也是五花八门。

⊗ 扩展阅读 ⊗

李东阳做宰相时，不与奸恶太监为敌，被斥责为没立场。他哭得袖子湿透。其实，他救出很多被太监残害之人。在文学上，他倒颇有主张，建议以情作文，反对模仿。

◎ 惊人的乱世情怀

　　罗贯中是丝绸商之子，可他对丝绸不感兴趣，不爱经商。

　　他再三向父亲请求，要读书，要学习。他父亲拗不过他，只好同意。

　　罗贯中离开家，外出求学。当他学有所成时，径去杭州。杭州是个繁华场所，有许多艺人、剧作家。他混迹其间，好生快活。

　　每天，他都流连在坊间，舍不得离开一会儿，很晚才浪荡回家。然而，这段好时光，并不长久。

　　元朝末年，天下大乱，群雄并起。朱元璋、张士诚等人，各带一股义军，抢攻地盘。杭州也受战火侵扰，人心凄惶。

　　罗贯中看了许多演义、小说，对乱世英雄向往不已。他想，眼下正是乱世，对百姓来说，是个灾难，但对胸怀大志者来说，却是个出头的好机会。

　　他豪情顿起，想要加入义军，干一番大事，成就王业！

　　罗贯中撂下书籍，慨然离家，投入张士诚的大军。

　　此时，在中原大地，只剩下两股庞大的力量，一是张士诚义军，一是朱元璋义军。二者相争，互不相让，非常激烈。

　　罗贯中见朱元璋势猛，不禁忧心。他不断地出谋划策，不断地给张士诚提建议，但张士诚沉溺享乐，毫不听从。

▼《幽居著书图》反映了失意文人的生活状态

▶第一部长篇历史小说《三国演义》

　　几番劝谏，几番落空，罗贯中终于意识到，张士诚不足以成大事，天下将是朱元璋的天下。

　　他极度失落，离开张士诚，回到江南。

　　在江浙一带，罗贯中四处流离，直到50多岁，还未安顿下来。

　　一日，他颇觉倦怠，决意不再折腾。

　　但是，成就王业的理想，仍在他胸中回荡。他怅然而叹，心想：既然不能在现实中实现霸业，那就在书里实现吧。

　　无奈之下，罗贯中开始写小说。

　　他有乱世情怀，对乱世特别留心。中国历史上，一共有七个大分裂时代，他一气就写了三个。

　　这是他对文学史作出的一个特殊贡献。

　　朱元璋创立明朝后，为巩固地位，大量招纳文士。而罗贯中因为曾经与朱元璋为敌，只能放弃入仕的机会。这意味着他将一生布衣，也意味着他的壮志永不可能实现了。

　　既然方向已明，尘埃落定，他索性沉静下来，专心著书。

　　当他60多岁时，他已写出多部长篇小说。其中一部，

▲吕布戏貂蝉图盘，故事出自《三国演义》

便是《三国志通俗演义》，也就是现在所说的《三国演义》。

罗贯中很珍视自己的心血，他把它们包裹起来，背在身上，千里跋涉，前往福建。福建有发达的出版业，他想出版这些书。

这是他的唯一愿望，却未能实现。朱元璋还在记恨他，虽未抓捕他，却不忘压制他。

直到罗贯中死后150多年，明朝都快结束时，他的《三国演义》才得以出版。

《三国演义》"文不甚深、言不甚俗"，半文半白，有口语，有方言，极生动。

书中的战争，有上百场，但无一重复。

书中的人物，有1 000人之多，但无一雷同。现今，每个人的模样，竟都固定下来。这在世界文学史上，也是罕见的。

罗贯中结合历史与文学、现实与浪漫，创作了这部章回体长篇小说，被称为历史演义小说的鼻祖。

他为小说史掀开了新的一页，也为白话短篇小说的鼎盛，提供了土壤。

▲明朝开国皇帝朱元璋像

扩展阅读

谭元春孤迥幽僻，好像不是这个世界的人。他的文学主张是：孤怀、孤诣、孤行，写有"香来清静里，韵在寂寥时"等句。他才高意远，不可一世，一生只有一个朋友。

◎一个人，四个梦

▲戏剧大师汤显祖像

汤显祖一出生，就坠入蓊郁的书香中。

他的家族中，祖父为词坛老将，父亲为老庄学者，就连母亲，也通诗书。他还有个伯父，热爱戏曲，吟吟哦哦，日夜不辍。

汤显祖在这种氛围中成长，习书听曲成了习惯。对他来讲，学习是一件分内的事，不需督促，他会自然而然地完成。

汤显祖21岁中举人，接着，开始准备礼部考试。

以他的才学，考中本非难事。但当中却出现了波折。

明朝首辅的几个儿子也要应试，名次已内定。但首辅为了遮掩，想找几个真正的才子做陪衬，汤显祖等人被相中。

首辅派人找到汤显祖，说只要他肯配合，他的名次也在前面，入职后，会得到首辅的关照。

汤显祖秉性正直，洁身自好，面对诱惑，丝毫不动心。同样，面对首辅的威势，他也不惧怕。

他正色正言，断然拒绝。

首辅很意外，不甘心，再次派人劝说。

汤显祖非常反感，义正词严地说，自己不敢从这么小就开始"失身"。

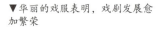
▼华丽的戏服表明，戏剧发展愈加繁荣

▼伶人所穿戏服，绣纹精致

▼制作精良的伶人戏服

此话传到首辅耳中，显得格外刺耳。结果，发榜后，汤显祖名落孙山。

　　不过，汤显祖的人格和操守，却骤然上升，他被视为高洁之人而四处称颂。

　　首辅死后，汤显祖已经34岁。他再次应试，总算得中。

　　他被分配到南京，出任太常寺博士。

　　明朝创立时，以南京为都城。但不久，就迁都北京，南京成为留都，虽然机构俱全，但等同虚设。尤其是太常寺，闲寂得如一潭死水。楼阁里，甚至布满蛛网，灰尘很厚，风都吹不起。

　　也正是由于这个原因，许多文人都被贬到这里，反倒形成了荟萃之景。诗文家、戏曲家数不胜数，走到街上，几乎是随便一张望就能碰到一两个。

　　汤显祖到此后，与这些人广泛交流，或诗文，或词曲，颇有雅趣。

　　他一直在南京待了七年，每日手不释卷。时常到半夜时分，还琅琅而读。

　　一日，有人问他："老博士为什么这样好读书？"

　　他答："我读书可不分博士不博士。"

　　其恬淡自得，若碧水清风。

　　公元1583年，学者王世贞到南京赴任，先后担任刑部侍郎、尚书，地位显赫。王世贞的片言只语，就能把一个庸人推上贤才之位。众人一见，趋之若鹜，都奔走到他门下。

　　汤显祖尊重文学，但不屈从权势。他拒绝随波逐流，不仅不去附和，还把王世贞的复古诗文拿来，画出王世贞模拟、剽窃汉史唐诗的字句，涂抹得密密麻麻。

　　王世贞听说后，一言未发，没作回应。

　　其实，汤显祖此举，并非出于私怨。他是反对复古思

潮，他觉得，古文化中，有许多都是过时的，不符合时代发展潮流，所以，要放弃掉，给新文化、新思想留出空间。

他之所以这么想，是因为，他已敏锐地感受到资本主义萌芽的气息。他认识到，反传统、反专制，是一种进步的趋向。

汤显祖的这种新思想，让他锋芒毕露，也让他显得离经叛道，被称为"狂奴"。

公元1591年，汤显祖写了一篇奏疏，指出皇帝执政20年来的过错。皇帝一见，勃然大怒，当即把他降职，流放至雷州。汤显祖毫不后悔，也不怨恼，在雷州的小县里，继续朗读。

一年后，皇帝大赦，汤显祖离开雷州，前往浙江，在遂昌当县令。这个小县令，被他当得淋漓酣畅。他一到当地，便取缔死刑，除掉刑具，减少各种束缚人的规定，然后建射堂，修书院，自己还常常下乡，与读书人切磋。

在他的管理下，偏僻贫瘠的遂昌，发生巨大改观，桑麻六畜兴旺，文人墨客成群。

▲《金瓶梅》被称为"第一奇书"，图为皋鹤堂评本

除此之外，大年除夕，他还把狱中囚犯放出来，让他们回家过年。元宵节时，他还放犯人去看花灯。囚犯都感念他，没有一人逃跑，都按时回狱。

汤显祖的政敌一见，赶紧抓住把柄，指控他擅自操纵刑狱，蔑视司法，蔑视皇帝，并暗中派人潜入遂昌，扰乱秩序。

汤显祖非常气愤。他知道，麻烦会接踵而来，而他防不胜防，反倒会扰乱百姓。

为保遂昌平安，汤显祖写了辞呈，上交吏部。也不等

吏部批准，他就扬长而去，回到家乡。

吏部接信后，与都察院一起商议，以"浮躁"为罪名，将他正式罢官。

汤显祖并不浮躁，而是意气慷慨、耿介纵诞，渴望思想解放、个性解放。这些，在他的作品中都有反映。

被罢官后，他栖身临川，写下了《紫钗记》《牡丹亭》《邯郸记》《南柯记》，被称为"临川四梦"。

在书中，几乎处处都闪耀着个性解放的光芒。这使得他这一个人和这四个梦，都成了不朽的符号。

四梦中，成就最大的是《牡丹亭》。

《牡丹亭》问世之前，中国最有影响力的爱情剧，是《西厢记》。而《牡丹亭》一出，《西厢记》当即减色！

在爱情剧中，《牡丹亭》之所以高出一筹，大致有两个原因。一是，它写了女主人公杜丽娘因情而死，又因情而复生的故事，非常浪漫；二是，它写了主人公追求爱情的自由思想，非常震撼。

《牡丹亭》对世界影响极大，今天，常有学者将杜丽娘与朱丽叶相提并论。

扩展阅读

《金瓶梅》是第一部由文人独立创作的长篇小说，有里程碑意义。作者不知是谁，只有手抄本流传。明朝学者袁宏道偶然得到，夜间，趴在枕上一看，"云霞满纸"。

◎ 猴与猪的历险

▼罗汉是《西游记》中的神奇角色，此为《罗汉图》，人物表情生动，树上还有猕猴为他摘桃

▼观音菩萨因《西游记》而深入人心，此图中，观音大士手持净瓶，瓶中泻出莲花

在淮安府山阳县，有一个吴姓人，家道衰落，从一个学官变成了商人。

这个商人没有绝望，而是乐观、旷达，每日里，除了贩物求生，便是看哲学书，琢磨人生道理。

当妻子产下一个男婴后，商人喜上眉梢，精心地为婴儿取了名字——吴承恩。

"承恩"，意思是，承得皇恩，出人头地。

显然，商人是想让吴承恩饱读诗书，走上仕途，光耀门楣。

有了这个想法，吴承恩从小就被教授各种知识。不过，随着年纪渐长，吴承恩似乎有自己的爱好。他既读哲学书，也读诗词，下笔就成文，但他最爱的，却是野史、志怪。

他总是搜罗唐朝人写的传奇小说，每得一本，都如获至宝，急不可耐地读完。但这不尽兴，接着他又反复地读，反复地思索。

他在睡觉时，脑子里热闹得很，一会儿出现一个仙人，一会儿又出现一个妖精，形形色色，奇奇怪怪。

他看书看得激动，心里跃跃欲试，也想写出一本，让脑子里那些奇奇怪怪的角色都"活"过来。

吴承恩还不到少年时，就小有名气了。官府都知道他，名流也都赏识他，称他敏慧有异才，若考科举，就如拾芥般容易。

然而，由于官场黑暗，吴承恩并未拾到芥。相反，他惨遭落榜。

吴承恩年纪还小，没往心里去，准备下次再考。

他精力充沛，生机勃勃，一边读书，一边绘画、写书法、填词作曲，时不时地还要和父亲对弈。

但无论什么时候，他都不忘搜集志怪书籍。年龄越大，搜集之心越切。

▲《西游记图册》，上为降妖场面

他也没有忘记科考，但他还是未能通过。

他有了心事，变得有些沉重起来。不过，当他看到书里的那些精怪时，心情就会好转一些。

吴承恩30岁时，还是没有中举。他这时已经确定，要写一本魔怪之书。他搜求的奇闻，已"贮满胸中"，他觉得不吐不快。

他开始了庞大的构思，其间，他的心并不安宁，还惦记着科考，并不时地去尝试。

▼《演教图》中，菩萨脚踏莲花讲解佛教真义

挨到50岁时，他才考中秀才，到国子监读书，成为贡生。朝廷觉得他很一般，没有分配职务给他。

吴承恩失意而无聊，开始全身心撰写魔怪小说《西游记》。因胸中有物，一动笔就写了十几回。

就在这时，朝廷派他到浙江，在长兴当县丞。

他不得志，不想去，但家中实在太穷，母亲生活甚苦，他还是就职了。

▲龙王形象因《西游记》而家喻
户晓，此为《龙王礼佛图》，云
中还有天兵天将

在浙江，他中断了《西游记》的写作，常
与友人豪饮，以诗酒为趣。

不料，两年后，他遭人诬告，郁愤难当，
辞官而归。

回家后，吴承恩一边卖文，一边写书。经
过七年时间，终于完成了伟大的创作。

借助这部长篇神魔小说，吴承恩表达了对
现实的不满，以及期待改变的愿望。

小说中的想象，大胆新奇，人、神、兽三
位一体，佛、道、儒三家并存，人也是鬼，鬼
也是人。在古代小说中，如此庞杂的内容，从
未有过。

小说中，还有民主倾向，这是非常进步的。

《西游记》的出现，使古代长篇浪漫主义小
说达到巅峰。

书中的讥嘲、诙谐、批判，直接影响了讽
刺小说的发展。

《美国大百科全书》认为，它是一部具有
"光辉思想的神话小说"。1924年，法国作家
莫朗翻译《西游记》，取名《猴与猪：神魔历
险记》。

扩展阅读

明末，夏完淳散尽家产，抵抗清兵，被捕后不屈，
投水自尽。他15岁从军，17岁赴难，一生事业，尽在两
年间。殉国前，他写道："吞声归冥，含笑入地"，皆血
性文字。

◎ 单相思不值半文钱

在江苏吴县，有一个叫冯梦龙的人。此人好读，到了
痴癫的地步。

走到哪里，他都书不离手。而且，逢人就发问。问题
千奇百怪，上天入地，没完没了。

这种研析性的读书，让他甚为开悟。有人说他，上下
几千年，都在他胸中。

冯梦龙对感情的追逐，也像读书一样，非常认真。

明朝末年，世道艰难，许多女子被卖入乐坊当歌伎。
有一个叫侯慧卿的女子，就是乐坊出身。冯梦龙遇见她后，
心生爱慕，想要娶她。无奈贫困无钱，没法替她赎身。

侯慧卿不愿过卖唱的生涯，想要过正常女子的生活，
渴望出嫁。她见冯梦龙无法娶她，便嫁给了一个商人。

◀明朝文士常与歌伎往来，此
《听阮图》中，文士凝视歌伎，
极为专注

冯梦龙失去了侯慧卿，心如刀绞，再也不去乐坊，终生未涉足半步。

他伤心至极，郁结而病，大白天也紧关着门，借酒浇愁，默默思念。

他喝一会儿，想一会儿，又嘀咕着，"单相思万万不值半文钱"。

时而，他还自哀自怜，说："最是一生凄绝处。"

由于"岁岁无慧卿"，冯梦龙年年悲伤，院落里蒲草杂乱，他也不去修剪。家里煮的饭，他也咽不下，身体日渐消瘦，好像一个野人一样。

每当愁肠曲折，他就去书斋，勉强书写诗文，来排遣愁绪，心里还担忧着，也许来年会比今年想得更厉害。

冯梦龙一共为侯慧卿写了30首诗，首首发自肺腑，惊人魂魄。

这段特殊岁月，为他的文学创作，提供了资料。他搜集、创作了民歌集。其中，有一首为《负心》。

《负心》中写道："我待你是金和玉，你待我好一似土和泥。到如今中了旁人意，痴心人是我，负心人是你……"

这段话，似曾相识，仿佛《红楼梦》中的片影，掠过眼前。

显然，冯梦龙的民歌集，也为《红楼梦》的创作作出了贡献。

▲许多名著常于苦寒中创作出来，此为《雪屋读写图》

冯梦龙是个儿女情长的人，但也有经世治国之志。只是，与歌伎厮混并不是什么好事，他又爱民歌，爱俚词小说，不受约束，疏放不羁，让古板的朝廷很是看不惯。

朝廷认为，他品行不好，言行狂野，是个有污点的人。

因此，冯梦龙长时间沉沦下层，或耕地，或教书，或卖书，或编书，胡乱糊口。

冯梦龙57岁时，才被朝廷录取，61岁时，才当上一个县丞。上任四年，他便辞官了。

时局动荡，明朝衰亡，清朝就要崛起。清兵一路南下，攻城略地，势如破竹。

冯梦龙虽然对明朝的腐朽感到愤恨，但他也是一个爱国者。他见清兵进逼，又气又急，大力进行反清宣传。

他70多岁时，须发皆白，步履蹒跚，还在为反清之事艰苦奔走。清朝创立后，冯梦龙寝食俱废，不停地幽叹，最终忧愤而死。

冯梦龙为人，感情真挚。冯梦龙作文，也感情真挚。情真，是他的文学主张。他说，通俗文学就是"民间性情"的巨响，就是真情流露。

他在世时，写了很多历史小说、言情小说，最著名的是"三言"。"三言"是白话短篇小说集，包括三部书：《喻世明言》《警世通言》《醒世恒言》。

它反映了小市民的感情，小市民的意识，小市民的道德，有着市民文学色彩。

它的人情世态，细腻入微，丰富了短篇小说的发展。

扩展阅读

凌濛初写有小说集《初刻拍案惊奇》《二刻拍案惊奇》，合称"二拍"；与冯梦龙的"三言"，合称"三言二拍"。清兵攻打明朝时，凌濛初被围，拒绝投降，呕血而终。

◎ 第一个喜剧大师

李渔屡次应试，屡次不中。他自觉"人泪桃花都是血"，灰心丧气，干脆罢考。

李渔来到杭州求生。尽管有朋友帮助，却还是度日艰难，穷途欲哭。

他被逼得没法子，便走到街上，戏馆书铺挨个走，寻找谋生之道。

他没白折腾，一段时间后，他发现，杭州人爱看戏剧，而他恰好会写剧文。

他很开心，决定"卖赋糊口"。

李渔成了中国历史上第一位职业作家。但在当时，这种职业却是一种"贱业"，很卑微，让人瞧不起。

▼清代琉璃珠凤冠，伶人表演时佩戴

李渔顾不上这些，活下来才是最重要的。他立刻执笔，连续写出多部传奇小说、白话短篇小说集。

他的文学观是，求新！不模仿他人，也不重复自己！

他想，这个世界上，一定有一些事情，是前人没有注意过的；一定有一些情感，是前人不曾写尽的。

因此，他努力观察，努力发掘，使故事永远在翻新，永远不老套。

他还是历史上第一个重视宾白的剧作家，他认为，对白"贵浅不贵深"。

有了这些深刻的认识，李渔的作品，通俗易懂，贴近生活，又寓教于乐，一问世，就分外抢手。

李渔的剧本，写的都是爱情故事，但

不哀怨，而是充满喜乐。他说，没必要花钱买哭声。

在中国古代戏剧史上，李渔是第一个专门从事喜剧创作的人，也是唯一的一个。后世把他推举为"世界喜剧大师"。

随着李渔的剧本越发畅销，就连苏州、南京等地的书商都被惊动。他们暗中鼓捣，私自刻印。几天之内，在3 000里外的地方，就能看到他的新作。

这是一种盗版行为，李渔拿不到一文钱。

有的书商干脆随便挑本书，谎称是李渔写的，大肆吆喝叫卖。

李渔很生气，恼怒地说："我耕彼食，情何以堪？誓当决一死战。"

他的意思是，自己辛苦笔耕，收获却被人捞去了，这可受不了，一定要与恶书商作斗争，捍卫自己的著作权。

李渔愤然而起，来到官府，请求发布告。然后，他带着女婿，四处奔走，寻找盗版书商，上门交涉。

这次经历，辛苦至极，让他终生难忘。十多年后，他还愤愤地说："他们夺我的生路，干嘛不自食其力！"

在整个文学史上，李渔是第一个有版权意识的作家，也是第一个捍卫著作权的作家。不过，由于清朝没有版权法，他得不到法律保护，奔波虽苦，却没能禁绝。

李渔望而兴叹。由于南京的盗版最多，他便离开杭州，举家迁往南京，以便更好地维权。

李渔事业有成，心中涌起两个愿望，一是有个儿子，二是创办戏班。

50岁时，他的第一个愿望得到了满足。

56岁时，他的第二个愿望也得到了满足。

这一年，李渔去西北游历。在临汾，一个地方官赠给他一个少女——乔姬。乔姬13岁，记忆力惊人，领悟极快。李渔让人教她唱歌，她听三遍，就能自唱。当她清唱

▲《芥子园画传》中，李渔在自家小园内消遣

▲梨园弟子在表演间隙小憩

▲ 表情各异的戏曲面具

时，人会食肉忘味。

几个月后，李渔在兰州，又得王姬，也是13岁。王姬长相平凡，但化妆后，如美少年。李渔指点她，让她扮演生角。

李渔又找来几个婢姬，建起了自己的家班。

在他的调教下，这个家庭剧组很快像模像样。尤其乔姬、王姬，珠联璧合，令人叹为旷代奇观。

有了专业演员，又有他这样的专业编剧、导演，李氏家班席卷了当时的戏剧界，无形中普及了戏曲文化，促进了昆曲发展。

史书记载，全国九州，李氏家班去了六七州。如此巡回演出，乔姬、王姬积劳成疾，在19岁时，先后离世。

李渔悲痛万分，老泪纵横。家班也从此衰落，最终瓦解。

李渔在60岁时，把自己的经历，上升为理论，写成《闲情偶寄》。

此书，是戏剧美学史上的一座里程碑，其中关于导演的论述，为世界上最早的导演学。

李渔的戏剧理论，比苏联戏剧家斯坦尼斯拉夫斯基早200年，比法国作家狄德罗的戏剧理论体系早100年。

◎ 家中藏着一片"海"

洪昇呱呱坠地时，正赶上战乱，全家惶惶逃难，在野外奔逃。他的哭声，引来了更大的惊慌。

好在没有更大的意外发生，一个月后全家重新回到了城里，他终于有了安定的住所。

在钱塘，洪姓是望族，世代书香。洪昇之父，好读书，喜谈论，士大夫气息浓郁，藏有古书颇多，有"学海"之称。

家中藏着这一片"海"，洪昇沉浸其中，连骨子里都浸染了书香。他的母亲又是大学者之女，时常辅导他如何读，如何写。

洪昇少年时，接受了正统的儒家教育，15岁时已成一位著名儒者。

24岁时，洪昇入北京国子监，但未得到官职。他很失望，又想念妻子、母亲，便离开北京，快快而归。

三四年的时间，倏忽而过。在他27岁那年，家中突发事端。

▲古人重视孝道，此为《孝经图》

他的父母受到挑拨，与他关系恶化。他迫不得已，只好带着妻子，离家另住。

由于极度贫困，洪昇断炊，家无烟火。但父母的怒火，仍未熄灭，他只好又躲出杭州，再度进京，寻找生计。

两年后，他编成一部诗集，得到名流肯定，诗名大起。他开始卖文为生。

洪昇35岁时，忽闻父亲被诬，贬到边荒之地，母亲也被责令同行。洪昇光着脚大哭起来。

他去向王公大人求情，奔走呼号，涕泪横流。之后，他离开京城，想要赶回家，侍奉父母启程。

京城距钱塘有好几千里地，他日夜兼行，不眠不休，十日就赶回杭州。

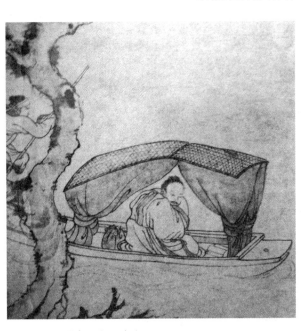

▲江上行旅图中，文士蜷缩而坐，寒苦不堪

父母起行后，洪昇继续四处求告。赶上朝廷大赦，父母终于从流放地归来。洪昇则因不停奔走、内心焦苦，已经面目黧黑、骨瘦如柴。

他心力交瘁，但还要承担接下来的生活。经此变故后，父母失去俸禄，无以为食。他原本拮据，现在负担陡增。

洪昇没有一丝怨言，把父母安顿好后，自己返京，努力写书，以求多换些钱来。许多年间，他犹如一只蚂蚁，不停地奔波在北京和杭州之间。

"多年遥负米，辛苦踏京尘"，这种生活，让洪昇有了深深的飘零感、辛酸感、疲惫感。

他悲哀地写道："败芦寒雨断矶边，梦醒孤舟泪泫然。"

在苦泪交加的日子里，洪昇开始注意民间疾苦，对社会现实有了深刻的认识。

洪昇年轻时写过一部传奇戏曲，名《舞霓裳》。43岁时，他将其改写，名《长生殿》，通过唐玄宗与杨贵妃的爱情故事，来反映黑暗的社会现实。

第二年，早秋8月，洪昇招来伶人，表演《长生殿》。一时，名流聚集，围观不去，成一时之盛。

洪昇此时已非平民，而是在国子监入职。他的这一举动，在皇宫引起一股暗流。

朝廷上，分为两派，一派是汉人集团，以刑部尚书为首，为北派；一派是满人集团，以宰相为首，为南派。两派水火不容，明争暗斗，互相打击。洪昇与南派较近，北派便决定，借机发难，把洪昇下狱，然后，牵连其他人，从而消灭南派。

北派便派出刑部人员，去找洪昇，说皇后刚薨逝一个月，国丧犹在，而他却不理不顾，大肆鼓乐，唱笑不绝，实为大不敬之罪。

洪昇来不及辩解，就被刑部抓起来，关入牢狱。国子监之职，也被废掉。去观看《长生殿》的那些名士，也都被革职。

此事报到康熙皇帝那里，皇帝觉得不妥。他深知，这是两派斗争的结果，便宽柔对之，把洪昇放了出来，也未深究《长生殿》剧本。

但作为惩戒，洪昇还是被免了职。

洪昇遭此风波后，饱受白眼，不时遭到别人揶揄。他心中愤然，离开北京。

返回杭州后，洪昇疏狂如故，傲岸如故，经常放浪西湖之上。他破除礼制，总是随意就坐，翻着白眼，指摘古今，表达对现实的不满。

洪昇为人，没有忌讳，吴越之人倾慕他，凑钱请来伶人，为他演唱吟诵。

▲洪昇家族世代书香，此为《世代书香图》

过了几年，康熙皇帝明确下旨，再不追究《长生殿》一事。至此，一场风波方真正平息。

江苏巡抚听闻后，赶紧安排演出《长生殿》。顿时，观者如潮。洪昇坐在宴席上，散着衣襟，纵情大饮，狂态依旧。

▶洪昇因写《长生殿》而名动天下，图为唐玄宗与杨贵妃故事盘

接着，各地演出接连不断。其中，江宁织造曹家（曹雪芹家）举行盛会，齐聚南北名流，簇拥洪昇，演出《长生殿》，一直演了三天三夜，方才罢休。

洪昇大快。离开曹家后，他行经吴兴，犹然痛快，便再度狂饮。不幸的是，就在他登船时，因醉得厉害，不慎落水，遽然而亡。

《长生殿》，是洪昇留给这个世界的遗产，也是最大贡献，代表着昆曲的最高成就。

此剧，有声有色，强烈感人，在历史剧中，有标志性的意义。

扩展阅读

陈铎身为军队指挥，却倜傥不羁，成日带着牙板，随时开唱。他的散曲，多描绘市井小民，如"出一阵馊酸汗，熬一盏油干，闭一回瞌睡眼"，写的是机匠的生活，很罕见。

◎"两个痴虫"

在山东曲阜，有个孔尚任，是孔子的第六十四代孙。他对出仕有着极度的痴迷。

他先是考学，未被录取。他并不放弃，马上当器物，卖田地，得钱后，交给官府，换了一个国子监学生的名额。

入了国子监，就有被安排职务的机会。可是，他左等右等，并没等到。

显然，干等已然无望。孔尚任无奈之下，只好读书著述，隐居山里。

读书时，他发觉，明朝末年的乱世史很有意思。他来了兴致，激情澎湃，想写一本传奇小说，反映那段历史。

四年后，康熙皇帝南巡，欲祭祀孔子。孔尚任时年35岁，人生过半。孔氏家族请他出山，修家谱，教礼乐，监造祭器，迎接皇帝。

他没有犹豫，立刻答应。一是因为皇帝祭祀的人，是自己的祖先；二是因为他的出仕之心，还在跃动。

第二年，康熙皇帝姗姗来到曲阜。在祭祀中，孔尚任

◀清朝官员治理河海图

讲了儒家经典，并引皇帝观赏了孔林"圣迹"。

他讲得很好，"导游"也当得好，康熙皇帝很开心，破格升他为国子监博士。

圣旨一下，孔尚任又惊又喜，简直不敢相信。

他感恩戴德，发誓要"犬马图报"——做狗做马，也要回报，没齿不忘！

他的言行，让一些人不自在，瞧不起，觉得他有些趋炎附势。他可不理这些，兴头高得很，身心都激动得轻飘飘的。

入国子监不久，孔尚任被授任江南。

南下之后，政务清闲，他又惦念起写书的事。

他开始遍访明朝战乱故地，寻找明朝遗民。他敬佩这些遗民的气节，与他们结为知交。

公元1685年7月，孔尚任被派到淮扬，协助疏浚下河海口。

▲民国唱片戏剧海报

他很失落。他一心渴望入朝，不想却被调来与渔人杂处，与鸥鹭为伍。他时常感叹，觉得自己被浪掷在茫茫苦海中。

更痛苦的是，他眼见河政反复，官吏挥霍，百姓悲号，却毫无办法。他只能在诗文中，发发"呻吟疾痛之声"。

公元1690年，孔尚任总算被调回京城，当上了京官。

虽然摆脱了潮湿郁闷的湖海生活，但他始终被冷遇，职位很低下，俸禄又低。他穷酸依旧，出来进去，还穿着草鞋。

他自觉有济世大才，却苦于不能实现，异常烦闷，开始质疑皇帝对他的知遇之恩。

对官场的幽黑混乱，他也有了更清醒的认识。

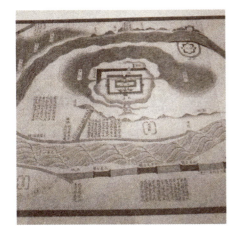

▲《河防一览图》，记录了古人
治理河海的经验

▲戏剧人偶，栩栩如生

　　他的情绪，愈加激愤，难以抑制，便一股脑儿地倾泻到笔端。经过三易其稿，他写出了那本他一直想写的书——《桃花扇》。

　　书成之日，正是阳春三月，桃杏花开，柳叶绽绿，伶人们演出频繁，致使《桃花扇》异常火爆。

　　不仅京城追捧不绝，就连湖北等僻地，在"万山中，阻绝人境"的地方，也有《桃花扇》的演出。

　　康熙皇帝听说后，还向他索取了稿本看。

　　但好景不长，不到一年时间，孔尚任便因一桩小事被免了职。

　　孔尚任满腔气恼，出城回乡。城中还在上演《桃花扇》，可他却不得不离之远去。

　　闲居岁月寂寥，孔尚任似乎很难耐。不久，他又四处漫游，但始终未能得到中意的职位，只得再次回家。

　　他始终不得快乐，70岁时，黯然长逝，仍旧抑郁。

　　孔尚任的一生，似乎很矛盾。他敬佩明朝遗民，但又依附清朝皇帝；他讴歌清朝，但又怀念明朝；他渴望用世，羞谈仕途经济，但又抱怨穷愁，冀得重用。

　　这种矛盾，使他的性情也很复杂，一生不得舒展，死去时也未得解脱。

▲清朝康熙皇帝像（绢画）

他留下的《桃花扇》，却是戏剧史上的经典之作。

此剧，"借离合之情，写兴亡之感"，借助爱情，反映历史，感染力巨大。

剧中，有这样一个情节——明朝灭亡后，男女主人公重聚，正在卿卿我我，却被一道士喝斥："呵呸！两个痴虫，你看国在哪里？家在哪里……偏是这点花月情根，割它不断么！"

明末清初，时人追求情欲，孔尚任对此不满，便借此来打击这种思潮。

他认为，国家才是根本，在一切人伦之上，只有国在，人才能立身、立命，否则，"皮之不存，毛将焉附"。

正是因此，《桃花扇》的意义，才超越了其他的描写兴亡之剧。

扩展阅读

　　沈璟在兵部时，把重要将领的名字都抄下，放衣袋里，碰见有人翻查将领简历，便脱口而出，让人目瞪口呆。他有戏曲造诣，说戏剧要遵从"本色"，被称"曲坛盟主"。

◎ 有性格的鬼狐

　　蒲松龄5岁时，正是明末清初，社会动荡，异事百出，在他脑海中留下深刻印象。

　　因他年幼，尚不懂事，便觉得这些事稀奇古怪。加之一些流言、传闻，说得神乎其神，更让他有了诡异的意识。

　　这种不自觉的好奇，沉淀在他的生命里，渐渐成了兴趣。随着年龄增长，他对鬼狐怪事充满了痴迷。

　　19岁时，蒲松龄考中秀才，受到学政的赞誉。这让他深受鼓舞，决定继续赶考，出人头地。

　　奇怪的是，他虽然满腹才学，却屡试不中。

　　20岁时，他没考中。23岁时，他还没考中。

　　为了生计，蒲松龄一边耕种薄田，一边去私塾教书。同时，他还研读神怪故事，并不时地涂涂写写。

　　他有个朋友，叫张笃庆，见他脑中总是装着鬼神狐魅，怕他影响科考，便写诗劝他，切莫空谈，赶紧看点儿正经书，干点儿正经事儿。

　　蒲松龄不听，依旧故我。

　　他还到处打听奇闻异事，每听到一星半点，就要专程去了解，然后，琢磨再三，将其写下来。

　　32岁时，他又去应试，又未中。

　　35岁时，他又去考，还是未中。

　　他把精力倾注在狐鬼小说上。到39岁时，他竟然已初步写成一书。他想了半天，将其

▼《王士祯图》，其为蒲松龄的友人

▶《戏蟾图》中，人物持神蟾，
步行波浪上，十分神异

▶《献寿图》中，小鬼呈进桃子
拜寿，表情古灵精怪

定名为《聊斋志异》。

"聊斋"，就是他的书屋名；"志"，是记述的意思；"异"，是指奇异的故事。

《聊斋志异》，为文言短篇小说的巅峰之作，也是一个作家想象力的最大绽放。

它以浪漫主义手法，造设了一个奇幻世界，神鬼交错，妖狐密集，而且，"鬼狐有性格"，个个不寻常。

《聊斋志异》写成后，蒲松龄又多次增补、修改，使其完善。

不过，这部巨作却无法刊印。蒲松龄家贫，无钱投资。加之，此书写的是一群杂鬼妖魅，被认为"不正经"，乱七八糟，饱受指责。

就在蒲松龄快要被唾沫星子淹没时，好友王士祯前来探望、鼓励。

王士祯是一位文学家，推崇蒲松龄，把蒲松龄视为奇才。他认真地为《聊斋志异》题诗，并安慰蒲松龄，不要听那些流言蜚语，他就"爱听秋坟鬼唱诗"。

落魄之时见真情，这让蒲松龄深为感动。

公元1685年，蒲松龄44岁。他患了足疾，卧床不起，从春天一直躺到秋天，几乎一年没有谋生，一家穷寒，吃了上顿没下顿。

蒲松龄心想，还是得乡试，否则，难有出路。

第二年秋天，他又去应试。

科举时，考生的试卷上，有画出的格，考生在书写时，每页的行数、每行的字数，都要符合规定。可是，蒲松龄心中天马行空，没有留意，把字写出格了，还有的字，越了行。

这种过失，叫"越幅"，属于违规。因此，蒲松龄再次落榜。

无人明白他心里作何想法，总之，50岁时，他又去应试。结果，再次犯规，再次被罢。

屡次不中，蒲松龄并未放弃。他仿佛在和科考较劲儿，即便年迈，腿脚不利索，还是要颠沛而往，参加考试。

▲清朝人所绘的《聊斋图册》

62岁时，他去应试，未中。

71岁时，他又去应试，白发苍苍，颤颤巍巍。

考官见他实在可怜，就是排队也该排上他了，便让他做了贡生。

就此，蒲松龄有了做官的资格，得了个"儒学训导"的虚职。

这一年，他的友人王士禛病逝。他回想着昔日王士禛对他的安慰和鼓励，悲伤不已，一连写诗四首，追挽悼念。

四年后，蒲松龄因老迈，也与世长辞。

蒲松龄死后半个世纪，《聊斋志异》才得到认可，刊刻行世，一夜风靡。

扩展阅读

"舟中人两三粒而已"，这是张岱散文中的一句，活泼清新。张岱好书，40年集书三万卷。战乱时，他入山避难，只带走几箧，剩下的被乱军当柴烧，或用来挡箭。

◎不被冻僵的方法

吴敬梓13岁时，母亲病逝。他哀伤过度，整日啼哭。

第二年，他父亲便把他带到任所——江苏的赣榆县。

在赣榆，吴敬梓直接受父亲监护、教育，有了深厚的学养。有时候，他随便拿起一本书，扫视一遍后，马上就能背诵。

有一次，赣榆举行酒宴，招待名士。吴敬梓也去参加，当场作诗一首，名《观海》："浩荡天无极，潮声动

▼船既是运载工具，也是文士饮酒之所，图为寒雪行船

地来……"

一时，满座皆惊，叹他如此年少，竟有如此雄阔诗境！

吴敬梓文才显露，这让他很得意，更加豪情满怀。同时，也更加卖力读书。

吴敬梓在赣榆一共生活了十年，有两件事对他造成大的影响。

一是婚姻。他在16岁时，由父亲主张，娶了陶氏。陶氏出身望族，这让他与朱门高第结下更密切的关系。但他并不喜欢陶氏，因此，过得很寂寞。

二是官场。他父亲到赣榆时，赣榆凋零、破败，他父亲捐出一年俸禄，又变卖家产，连祖传的当铺、布庄、银楼等，全都卖掉，筹钱建设赣榆。可是，因为父亲不巴结，不谄媚，让上司不满，被强行罢官。

▲《封神演义》故事图盘，人物活灵活现

这两件事，让吴敬梓耿耿于怀。前者，让他向往自由的婚姻；后者，让他对官场深恶痛绝。这些事，沉淀在他的心底，成了他后来写书的动机。

吴敬梓23岁时，父亲亡故，留下两万多银钱。

这是一笔巨额遗产，但吴敬梓性情豪爽，睥睨尘俗，认为斤斤计较于钱财，太过小气。另外，他也惯于挥霍，总是呼朋唤友，大饮大歌，通宵达旦。遇到朋友有急用，他也不问分明，直接掏钱救助。因此，银钱如流水散去。

族人见之，分外不满，暗中争夺，还诟骂他，啐他，把他视为败家子，让子弟们都以他为戒。

吴敬梓33岁时，迁到南京，在秦淮河畔的白板桥西定居。

他的钱财，已花得精光，两手空空，家徒四壁。每逢下雨，家中锅灶空冷，寒意逼人，情形凄惨。

尽管如此，他还是不肯参加科考。对官场的憎恶，已深入他的骨髓。

▲《儒林外史》（清朝刻本）

当有人苦口婆心地劝他时，他对这"喃喃"之声一点儿不领情，认为是干涉他的自由。他会叉着手，"眉如戟""声如虎"地对待此人。

此后，再也无人敢贸然劝他。

日子一天比一天困顿，吴敬梓便卖文求生。但仍不能饱腹，还要靠朋友接济。

朋友们也穷，时常囊中无一钱，"腹作千雷鸣"，饿得肚子咕咕叫。

吴敬梓被逼无法，便用书换米。

冬天最为痛苦，寒风凛冽，冷气袭人。为了不被冻僵，吴敬梓约上朋友，在夜晚出城，绕城疾走，大声歌啸，以便"暖足"。

这一小群人，好像疯子一样，每晚从南门蹿出，绕行几十里后，在凌晨时，再从西门蹿入，大笑而散。

他们夜夜如是，竟成一景。

有一天，吴敬梓正在家中，一人来访。见他穷得连笔砚都没有，十分震惊。

来人问他，笔砚是文人为生之物，怎可离开一刻？

吴敬梓笑道："笔墨自在胸中。"

来人长叹，说他是真风流。

吴敬梓54岁那年，12月11日，又值寒冬。他去迎接一位友人，二人就坐船上，痛饮浊酒，以抵寒冷。

归来后，因酒酣耳热，吴敬梓气息急促，喘气困难，顷刻间，竟然辞世。

朋友闻之，急忙赶来，协助料理丧事。因吴敬梓一贫如洗，只剩几文典当衣服的钱，朋友连声哀叹，为他购棺装殓，葬于清凉山下。

吴敬梓死后，留下一部长篇小说——《儒林外史》。

他以写实主义手法，描绘了各种人，揭示了人性，批判了科举、礼教，肯定了对自由的追求，对自我的坚持。

书中的白话已纯熟，人物的形象描写手法多样，有速写式，有剪影式，很先进。

最高超的是，此书达到了讽刺小说之巅。

它还极大地影响了现代文坛，被视为可与狄更斯等人的作品并肩。

> ## 扩展阅读
>
> "一寸光阴一寸金"这句诗，是许仲琳写的。他还写了神魔小说《封神演义》。他写此书，是为了与《水浒传》《西游记》三足鼎立，但却不如前者雄豪，不如后者恣肆。

◎字字皆是血

公元1715年，北京城内，寒意凛冽。曹颙患病，不治而亡。

消息传回老家南京，曹颙的妻子，悲泣不止。

她已怀有身孕，家人劝她保重。她勉力支撑，在两个月后，产下一个男婴。

其时，连日下雨，人行于道，温润沾脚。家人觉得，这是一个好兆头。

原因是，《诗经》中曾说："既沾既足，生我百谷。"有了雨，天地就生有万物，人就能活着；雨泽天下，雨泽众生，还有皇恩笼罩的意思。

因此，家人便给婴儿取名——曹霑，字雪芹。

"雪芹"二字，出自苏轼之诗。

曹雪芹虽然丧父，但家族依旧显赫。在康熙王朝、雍正王朝，他的家族一直主政江宁织造，权势与富贵，非寻常可比。

在江宁织造府内，曹雪芹锦衣玉食，随心所欲，日日

▼《十二金钗图》上绘湘云醉卧芍药丛

▼《十二金钗图》上绘黛玉葬花

◀《红楼梦》故事图盘

消闲。

　　府内有藏书，仅是精本，就有3 000多种。他在这富丽的环境中，博览群书，几乎无所不知。

　　曹雪芹14岁时，命运陡然逆转。江宁织造府被抄，罪名是：骚扰驿站、私用公款而至亏空。他和家人被迁往北京。

　　到了北京，一家人被带到崇文门外蒜市口。那里有一所老宅，共17间半房。

　　他们住进去，只留下六个仆人，勉强度日。

　　为了偿还亏空、填补家用，他们开始变卖地亩。谁知，仆人暗中捣鬼，导致地亩虽卖，竟未得几个钱。

　　家人又决定卖房。但因盗贼入室，卖房钱也被偷走。

　　日子越发艰难，昔日望族已门户凋零，家中只有些残破瓦砾。

　　此间，曹雪芹历尽甘苦、冷暖，对人情世道，有了很深的领悟。

　　曹雪芹22岁时，家中忽得圣旨，宽免罪行，不必再偿还亏空。

　　一家人听了，顿时哭声震天。此时，他们已偿还八年，

▲《红楼梦图》 上绘宝玉梦见被恶鬼扑袭

▲《红楼梦图》 上绘宝玉游太虚幻境，观赏歌舞

▲《红楼梦图》 上绘黛玉死后升天

亲人中，或死或病，零落如尘。

乾隆皇帝即位后，曹雪芹在内务府谋了个差事，后来又得了个职位，但都是不起眼的小职，薪水微薄，养家仍旧困难。

曹雪芹30岁时，已看尽人事、官事，经常高谈雄辩，诙谐风趣，意气风发。

他以开阔的胸襟，容纳了所有的辛酸，以放达的性格，面对一切变故。

漫长的冬夜，他侃侃而谈；昏暗的灯下，他奋笔疾书。他要把一切愤慨、一切不平，都注入书中，释放到书中。

33岁时，曹雪芹移居北京西郊，在香山落脚。他住在草庵里，野草满径，举家食粥，赊酒已成常事。

一个秋天，雨水凄迷。曹雪芹与友人相携去酒肆，放怀狂饮。为付酒钱，友人把佩刀解下，当给酒铺。

又一日，友人带了几罐好酒，到曹雪芹家中。曹雪芹大喜，但无下酒菜，地里只有一些瓜秧。于是，瓜的花被摘下来，成了下酒菜。

对于曹雪芹来讲，他并不甘心隐居。他胸有"补天之志"，渴望济世救民。然而，他是罪臣的后代，也被认为不干净。所以，他无奈而退。

友人劝他，"不如著书黄叶村"，免得再次招来灭顶之灾。

曹雪芹听进去了，开始专心著书。

45岁那年，曹雪芹离开京城，乘船南下，回到江宁。

无人知道，他在见到江宁织造府的那一刻，是怎样的心情，怎样的痛楚，怎样的心如刀绞，怎样的泪如雨下。

此次南行，他一年未归。友人非常忧心，在诗里写道："往事重提如梦惊。"

不过，曹雪芹还是回来了，并加快了写书的进度。

前后"披阅十载，增删五次"，他最终完成巨著——《红楼梦》（80回）。

然而，48岁时，因贫寒不堪，他的幼子夭折。这让他万分悲痛，忧伤而病，于除夕这天，离世而去。

曹雪芹创作的《红楼梦》，是他留给世界的无价遗产。

没有任何一部长篇小说，能像《红楼梦》这样规模宏大、结构严谨、情节复杂、描写生动。

没有任何一部长篇小说，能像《红楼梦》这样放射到各个领域——宗教学、社会学、人类学……

在中国文学史上，它是一座最高海拔的峰峦。

▲《扑蝶图》中，宝钗天真可爱

它是现实主义杰作，也是浪漫主义杰作，还是自然主义杰作。

它是文学的，也是哲学的，还是宇宙的。

它的问世，击碎了传统思想、传统写法。它的叙述，不是把好人往好了写，也不是把坏人完全写坏，而是真实地挖掘人性，照见人性，写出好人的坏，坏人的好，真真实实，毫无避讳、掩饰。

曹雪芹在创作时，直接取材于现实，"字字看来皆是血"，字字都渗透着他个人的血泪感情，保持了生活的原汁原味。

《红楼梦》走向世界后，国际上这样赞颂曹雪芹：具有

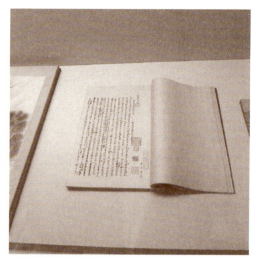

▲《大观园图》 绘有《红楼梦》
中主要人物

▲《红楼梦稿》（清朝乾隆年间
抄本）

布鲁斯特的目光，托尔斯泰的同情心，缪西尔的才智和幽默，巴尔扎克的洞察。

扩展阅读

　　李汝珍爱棋，曾举行对弈大赛，与九人对局。他也爱写书，"消磨三十多年层层心血"，写成《镜花缘》。他主要依靠想象来完成这部描绘"异国"的小说，确实罕见。

图书在版编目（CIP）数据

文学是怎么来的 / 李海霞著 . -- 哈尔滨：黑龙江
教育出版社，2015.6
（祖先的生活）
ISBN 978-7-5316-7354-5

Ⅰ. ①文… Ⅱ. ①李… Ⅲ. ①中国文学—文学史

Ⅳ. ①I209

中国版本图书馆 CIP 数据核字（2015）第 116555 号

文学是怎么来的

WENXUE SHI ZENME LAI DE

作　　者	李海霞
选题策划	彭剑飞
责任编辑	宋舒白　彭剑飞
装帧设计	琥珀视觉
责任校对	高秀萍

出版发行	黑龙江教育出版社（哈尔滨市南岗区花园街 158 号）
印　　刷	永清县晔盛亚胶印有限公司
新浪微博	http://weibo.com/longjiaoshe
公众微信	heilongjiangjiaoyu
E-mail	heilongjiangjiaoyu@126.com
电　　话	010-64187564

开　　本	700×1000　1/16
印　　张	18
字　　数	180 千
版　　次	2015 年 7 月第 1 版　2020 年 10 月第 3 次印刷
书　　号	ISBN　978-7-5316-7354-5
定　　价	35.00 元